三股髮辮

LA TRESSE

LAETITIA COLOMBANI

萊蒂西亞・寇隆巴尼——著
蘇瑩文——譯

各界好評

作者把女性的力量、信仰與犧牲編織成了一則美麗的故事……

——《書單雜誌》

以貼近人物的視角揭示女性不凡的勇氣，不論她們是在哪樣的人生境遇、年紀、文化與景況，都令人動容。

——《出版人週刊》

美麗的文字記述了充滿決斷、勇敢與希望的生命。看完後，書中三名女性的故事會讓人長記在心。

——《親愛的柏德太太》作者，A・J・皮爾斯一本值得全世界閱讀的小說，關於逆境、希望和愛。人物形象如此鮮明，即使合上書也難以離開其中。

——雷娜特．列斯克，荷蘭出版人

三位女主角和奮力抗爭的全球女性有著同樣的命運：打破一切偏見，克服從貧困到疾病的一切障礙，絕不示弱，像英勇的戰士一樣，從而揭示女性生存狀況的本質。

——《圖書週刊》

以驚人技法描繪三名堅決反抗命運的女性，這個故事揭示了人類本性脆弱卻奮鬥不懈的動人真貌。

——《費加洛報》

作者筆下的主角具備了堅毅的決心與力量，她們奮力掌握自己人生的每一刻，而不只是逆來順受。

——《晚訊報》

一本寫實卻富有詩意的女權小說……描述的其實是每一個在弱勢位置的人奮鬥的姿態。

——日本《婦人公論》，〈暢銷書散步〉專欄

散文般的節奏，不時帶有懸疑與緊張的橋段……是一封誠摯的情書，獻給那些常年埋首在看不見或是被忽視的工作中的女性。——《科克思書評》

現象級的小說。

——《巴黎人》

優雅又深刻動人……最引人入勝的是，作者在每個角色面臨難關和克服挑戰時，賦予其背景的豐富度與真實性。

——《每日郵報》

獎項肯定

二〇一七年第四十屆經緯書店旅行者大獎

二〇一八年法國新聞協會晶球獎最佳小說

二〇一七年女性經濟人最佳文學作品

二〇一七年尤里西斯獎最佳首作獎

法國崇她社最佳文學作品獎

法國圖書館協會大獎

法國醫院機構圖書館聯盟大獎

二〇一八年聖艾米利翁文學獎

二〇一九年第十屆日本書店新井獎

獻給
奧麗薇雅
以及
所有勇敢的女性

髮辮：

三股交纏的組合。

……西蒙，妳那宛如森林的髮間藏著極其難解的謎。

——雷米．古爾蒙，法國詩人、小說家

自由的女性和輕佻的女人正好相反。

——西蒙．波娃，法國哲學家，女權運動先驅

序幕

這是故事的開端。
一個每次都不相同的故事。
她們在我的指尖下相愛。

首先是結構。
結構必須紮實，才能撐住整體。
是絲，是棉，是在城市，是為了舞台。視情況而定。
棉布最堅韌，
絲綢最細緻隱約。
小槌與釘子為必要。

輕柔進行尤不可少。

接著是編織。
這是我最喜歡的步驟。
我面前的材料中
有三條拉緊的尼龍線。
從線球中一次抽出三條線，
纏繞，但不能扯斷。

再重新來過
反覆數千次。

我愛這些獨處的時刻，這些指尖舞動的時刻。

我的指頭舞動出奇特的芭蕾。
寫出一個交織相纏的故事。
我的故事。

然而故事卻不屬於我。

絲蜜塔

——印度，北方邦，巴德拉普

某種奇特的感覺讓絲蜜塔醒了過來，她感覺到一股和緩的迫切，像是有隻從未見過的蝴蝶在她肚子裡振翅。今天，是會讓她記得一輩子的日子。今天，她女兒要上學。

上學。絲蜜塔從來沒踏進過學校。在巴德拉普，她這一個階級的人不上學。絲蜜塔屬於社會地位最低的賤民階級[1]——也就是甘地口中的「神的子民」，超乎種姓，超乎制度，超乎一切。他們是邊緣人，被認定太過汙穢而不得與其他人同處，並且眾所不屑，像是從好米中篩掉的糙糠，是該挑出來隔離的對象。和絲蜜塔一樣，上百萬的賤民住在村落、社會之外，在人性的外緣。

每天早上都是相同的儀式。猶如跳針的唱片，無止盡播放同一首可憎的交響曲一樣，絲蜜塔每天都在她賴以為家的簡陋小屋中醒來，她住的小屋在賈特人[註]耕種的農田附近。她用昨晚從井裡打來的水洗臉和腳，那是口歸賤民專用的井。就算其他較高種姓使用的井距離比較近，賤民也絕對不能去取水。有些人曾經因此而送命。她打點好自己，幫拉麗達梳了頭，抱抱納戈拉陽。接著她拿起藤編的籃子。在她之前，母親也拿過這個籃子，絲蜜塔光是看了就難過。籃子的味道一直沒有消失，她成天拿著，彷彿背著一個十字架，像一個令人羞恥的負擔。這只籃子是對她的折磨，是詛咒，是懲罰。她母親說，這是她上輩子做過的事，她該要付出代價，該補償，畢竟她此生並不比幾個前世更重要，比起未來的幾世人也一樣。這輩子只是輪迴中的一環。事情就是這樣，她的命該如此。

這是她的宗教**教規**、課業，是她在世上的定位。這個母傳女的工作已有好幾代的歷史。**清潔工**這個字的英文帶有「提取、抽離」的意思。絲蜜塔的工作則沒有什麼字眼可以形容。她整天都要徒手撿拾別人排泄的糞便。她六歲時——也就是拉麗達現在的年紀——她母親第一次帶她上工。先看，然後妳接著做。絲蜜塔想起當年聞到那股刺鼻臭味，味道就像一群黃蜂來襲，令人難以招架，簡直不像在人間。那年，她站到路邊嘔吐。母親說，妳會習慣的。這是個謊言。沒有人會習慣那種味道。絲蜜塔學會了屏息活著。村落裡的醫師說，要活就要呼吸，看看妳咳成這樣。要活還要吃，可是絲蜜塔喪失食慾已久。她記不得飢餓的感覺。她吃得不多，僅維持最基本的飲食，她強

十　印度種姓制度中，婆羅門為最高等級，賤民在制度之外，社會地位最低，只能從事基層工作。

十一　賈特人是印度雅利安人的分支，古代多從事畜牧，後來定居從事農業。

迫自己抗拒進食的身子吃下如拳頭大小摻了水的飯團。

政府承諾在當地蓋廁所。可惜，鋪建工程尚未延伸到這一帶。在巴德拉普和其他地方，人們仍然露天便溺。無論是地面、河流小溪或空地，處處都看得到排泄物的汙染。疾病由此傳播，宛如掉在炸藥上的火星。政客知道：排在改革、社會平等甚至在工作之先，人民最想要的就是廁所，要有尊嚴的排泄權利。在村落裡，女人必須等到天黑才能到空地去解決，但這麼一來，她們無異暴露在各種侵犯的威脅之下。幸運的婦女可以在院子的角落或屋子最裡頭整理出一個角落，簡單在地上挖個洞，人們稱之為「乾式廁所」，賤民階級的女人——例如絲蜜塔——每天會徒手清理這些廁所。

近七點時，絲蜜塔帶著她的籃子和藤掃把開始工作。她知道自己每天得清理二十間房子的廁所，不能浪費時間。她垂著雙眼，走在馬路邊，一條披巾遮住她的臉。在某些村落，賤民必須戴著一根烏鴉羽毛來告示身分；而在其他村落，他們則是必須光腳步行——每個人都知道賤民的故事：曾經有賤民因為穿了拖鞋而被人丟擲石頭砸死。絲蜜塔必須從留給她用的後門進入要清理的房子，她不能遇見住在屋裡的人，更別提和他們說話。她不只是碰不得的賤民，還得隱去身形。她領的酬勞不是錢，而是吃剩的食物，偶爾也會有舊衣服，這些東西通常都是丟在地上讓她撿。總之她什麼也不能摸，不能看。

有時候，她什麼也領不到。有戶賈特人已經好幾個月沒有給她任何東西了。絲蜜塔不想繼續替他們清理，一天晚上，她告訴納戈拉陽說她不想再去，就讓那戶人家去清自己的糞便吧。但納戈拉陽怕了；如果絲蜜塔不去，他們會被追捕，日後將無容身之地。她知道那些人的手段。「他們會砍斷妳兩條腿。」他們曾經對一個賤民說出這種話。後來，人們在附近的田裡找到一名遭人截肢還潑酸的男人。

是的，絲蜜塔知道那些賈特人會做出什麼事。

於是，她隔天繼續回去工作。

但這天早上和其他日子不同。絲蜜塔做出決定：她的女兒要去上學。她費了一番唇舌才說服納戈拉陽。他說，上學有什麼用？她就算學會讀書寫字，但沒有人會賞她工作。我們生來就是打掃廁所的人，至死方休。這是世襲的工作，是沒有人能脫離的輪迴。這就是**因果**。

絲蜜塔沒放棄，在第二天、第三天和接下去的日子繼續遊說。她拒絕帶著拉麗達去工作，她不願教女兒怎麼清理廁所，她不要看女兒像自己或她母親那樣朝水溝嘔吐。絕不，絲蜜塔堅定拒絕。拉麗達應該要上學。納戈拉陽在她的堅持下終於讓步。他了解妻子，她的意志堅強。這個一身棕色皮膚、十年前嫁給他的賤民小女子比他強悍，他知道。所以他最後還是妥協。就這樣吧。他會去村落裡找學校的婆羅門[三]。

獲勝的絲蜜塔偷偷微笑。她多麼希望自己的母親也曾為她努力爭取，多麼希望自己能上學，和其他孩子一起坐在學校讀書，學算術。但那不可能，因為絲蜜塔的父親和納戈拉陽不一樣，她父親脾氣不好又有暴力傾向。他和這裡的男人一樣，會毆打妻子。他經常說：女人不是和丈夫平起平坐的，妻子屬於丈夫，是他的財產，他的奴隸，應該聽令行事。絲蜜塔敢說，她父親寧可救他養的母牛也不願救妻子。

三 種姓制度中的最高階級，掌管祭祀、教育。

而她，絲蜜塔，運氣很好。納戈拉陽從來沒打過她或侮辱她。拉麗達出生後，他甚至同意照顧小孩。離這裡不遠的地方，有人會在女孩一出生時就了結孩子的一生。在拉賈斯坦邦的村落裡，有人會把剛出生的女嬰放進箱子活埋。被活埋的女嬰要到隔日才會斷氣。

但這裡不一樣。絲蜜塔看著蹲在小屋泥土地上的拉麗達，孩子正在幫她唯一的玩具娃娃梳頭髮。她的女兒很漂亮，五官細緻，長髮及腰，絲蜜塔每天早上都會為她梳理頭髮、綁辮子。

她心想，將來我的女兒會讀書寫字。這個念頭讓她非常愉快。

沒錯，今天，是會讓她記得一輩子的日子。

茱莉亞

——義大利，西西里島，巴勒莫

茱莉亞！

茱莉亞痛苦地張開眼睛。她母親的聲音持續從樓下傳上來。

茱莉亞！

下來！

立刻下來！

茱莉亞好想把腦袋埋進枕頭裡。她睡眠不足——昨天晚上又熬夜看書了。但她知道自己還是得起床。只要母親一叫，她就得服從——茱莉亞的母親是典型的西西里**老媽**。

茱莉亞！

年輕女孩懊惱地離開床鋪，急急忙忙起床穿衣後，隨即下樓去廚房見早已等得不耐煩的老媽。她妹妹阿黛拉已經起床，在早餐桌邊忙著塗腳趾甲油。茱莉亞聞到去光水的味道，忍不住扮了個鬼臉。母親為她端來一杯咖啡。

妳父親出去了。

今天早上妳負責開門。

茱莉亞拿起工坊的鑰匙，匆忙離開家。

妳什麼都沒吃。

帶點東西過去！

她沒理會母親的話，自顧自地跳上腳踏車，用力踩踏板離開。早晨的涼意讓她清醒了些，大馬路上的風拍打著她的臉龐和雙眼。騎到了市場旁，香橙和橄欖的氣味刺激著她的嗅覺。茱莉亞沿著擺放現撈沙丁魚和鰻魚的攤子前進。她加快速度，騎上人行道，離開攤販已經開始叫賣的巴拉羅廣場。

她來到羅馬路遠端的一條死巷，她父親的工坊就在這裡，從前是舊戲院，他在二十年前——也就是茱莉亞現在的年紀——買下這個地方。他原來的工坊太小，因此必須搬家。現在，工坊正面還看得出昔日張貼電影海報的痕跡。那個年代已經遠去，當時，**巴勒莫人**蜂擁而來，為的是看亞伯托·索帝、維多里奧·加斯曼、尼諾·曼佛雷迪、烏戈·托格納其和馬切洛·馬斯楚安尼等大明星主演的電影。而現在呢，大部分戲院都關門了，和這間改成工坊的街坊小戲院一樣。當時，他們打掉了播映間，在大廳開了幾扇窗戶，讓工人在工作時有足夠的光線。這些工程，**老爸**自己全包了。茱莉亞心想，這個地方就和父親一樣，不太有章法但熱情洋溢。皮耶托·朗佛瑞迪的脾氣雖然大得驚人，卻深受員工推崇與尊敬。他對孩子的要求很高，個性獨斷，但是個充滿愛心的父親。他以紀律來栽培女兒，並把欣賞良好工作成果的品味傳承給她們。

茱莉亞掏出鑰匙開門。通常，父親會是頭一個到工坊的人。他喜歡親自和進門的員工打招呼，這正是他常常掛在嘴上的一句話：「**老闆**就是要這麼當。」他會和某個員工說句話，對另一個表示關心，向每個人表達心意。但今天，他出門去拜訪巴勒莫和附近一帶的理髮師，要到中午才回來。這天早上，茱莉亞是工坊的負責人。

早上這個時間的工坊很寧靜。再過不久，裡頭就會充滿交談聲、歌聲和大呼小叫，但這時，安靜的室內只聽得到茱莉亞腳步的回音。她走到員工更衣室，把她的東西放在寫著她名字的置物櫃裡。她拿起罩衫，和所有的日子一樣，讓自己套上這層宛如第二層肌膚的衣物，然後攏起頭髮，靈巧地用幾支髮夾固定成髮髻，接著再包上頭巾，這是必要防護，不能讓頭髮混進工坊處理的物品中。穿上罩衫、整理好頭髮之後，她不再是老闆的女兒，而是跟其他人一樣，都成了工人，是朗佛瑞迪工坊的員工。茱莉亞很重視這一點，她一向拒絕享受特權。

前門嘎吱一聲打開，一群歡樂的員工填滿了整個空間。才一會兒工夫，工坊熱鬧了起來，成了茱莉亞喜歡的歡騰場所。在交錯、嘈雜的談話聲中，工人急匆匆地來到更衣間，套上罩衫和圍裙後來到自己的座位繼續聊天，茱莉亞也加入其中。阿涅絲面容疲憊——因為牙痛，她昨晚一夜沒睡。費黛麗卡忍著眼淚，她的未婚夫拋下了她。又一次？愛達問道。寶拉安慰道，他明天就會回來了。在這個地方，女人間分享的不僅限工作。在雙手處理頭髮時，她們聊男人，談生命，論愛情，整天說個不停。工坊裡的每個女人都知道吉娜的丈夫愛喝酒，愛達的兒子混黑手黨，艾利西亞和莉拉的前夫曾有段短暫情緣，而莉拉從未釋懷。

茱莉亞喜歡和這群女人為伴，她們當中，有些從她孩提時期就認識她。她幾乎可以說是在這裡出生的。她母親老愛講，當她在主廠房工作時，陣痛讓她嚇了一大跳。母親因為視力問題，不得不把位置讓給眼利的員工，現在已經退出工坊的工作了。茱莉亞在工坊長大，身邊盡是未經梳理的頭髮、等著清洗的髮綹以及要送去給客人的成品。她還記得，小時候學校每週三放假時，她都會來工坊看著大家工作。她喜歡觀察大家忙碌的手，看來就像一群辛勤工作的螞蟻。她看著女工把頭髮放到大型方梳上梳開，接著放到與支架相連的水槽——這是她父親拼湊出來的設計，因為他不喜歡看到員工折騰她們的背。茱莉亞看到掛在窗邊吹乾的頭髮總覺得好笑，那些頭髮，看來就像印地安部落掠劫回來的戰利品，像展示剝下的詭異頭皮。

有時，她覺得工坊的時間似乎是靜止的。光陰的腳步在工坊外繼續前進，但在牆裡，她覺得自己備受保護。這是一種溫柔的、安心的感覺，也是一種很奇特的對事物維持不變的認知。

將近一世紀以來，她的家庭都是從事「卡斯卡圖拉」維生，這是西西里的傳統習俗，就是把自然掉落或剪下的頭髮留下來製作髮片或整頂假髮。茱莉亞的曾祖父創立了工坊，而朗佛瑞迪工坊是巴勒莫最後一間這樣的生產商。工坊裡有十來個工人，專門梳理、清洗和處理頭髮，之後再寄送到義大利和全歐洲。十六歲那天，茱莉亞選擇離開中學，加入父親的工坊。老師們都認為她是個有天分的學生，尤其是她的義大利文老師，一直鼓勵她繼續念書，認為她一定能進大學。對朗佛瑞迪家族成員而言，頭髮不只是傳統，而是世代傳承的熱情。怪的是，茱莉亞的姊妹從來沒對這個行業表示過興趣，她是唯一投入家族事業的朗佛瑞迪女孩。法蘭契絲卡很早就結婚，從沒外出工作過；她有四個孩子。最小的妹妹阿黛拉還是中學生，對未來的目標是走入時尚圈或是當模特兒，總之，只想選家族事業之外的工作。

對於特殊訂單或較難找到的髮色，老爸有自己的祕訣：從他父親和祖父那裡學到的祕密配方，這個配方以天然成分為基底，但他從來不肯透露是什麼。他把這個配方傳給了茱莉亞。他經常帶她到樓頂，也就是他口中的**實驗室**。站在上頭望出去，一邊是海，另一邊則是必須抬起頭仰望的佩萊格里諾山。皮耶托一身白罩衫，看來就像個化學老師。他煮沸幾大桶染料；他知道如何將頭髮漂色再染色，讓顏色在清洗後不會褪去。茱莉亞盯著父親染色，專心研究，連最細微的動作都不放過，一看就是幾小時。父親檢視那些頭髮的態度，就像老媽對待她的**義大利麵**。他會用大木匙攪拌，放一會兒後再重新攪拌，一次又一次重複同樣的動作。他以耐心、精確，還有愛心，來處理這些頭髮。他老愛說，總有一天，這些頭髮會有人戴上，所以必須尊重對待。茱莉亞偶爾會做起白日夢，想像那些戴上訂製假髮的女人。西西里男人不時興戴髮片，他們太驕傲，太執著於對自己男性魅力的某些想法。

為了某種不知名的理由，朗佛瑞迪的祕密配方無法改變某些頭髮的顏色。大部分泡在桶子裡的頭髮最後會變成乳白色，可以開始染色；然而少數頭髮會留下原來的顏色。這些頑固分子成了問題：如果客人在精心染過的一束頭髮中找出一根黑色或棕色的頭髮，那後果不堪設想。由於茱莉亞眼力過人，於是這項需要小心處理的任務便交給了她。她必須一根根檢查，挑出難以調整的頭髮。她每天像獵巫似的，絲毫不能手軟。

寶拉的聲音把她拉回現實。

親愛的，妳看起來好累。

昨天又看了一整晚的書了。

茱莉亞沒有否認。在寶拉面前，任誰都藏不住祕密。這名老婦人是工坊這些女工的舍監。在這裡，所有人都喊她**婆婆**。父親小時候，寶拉就認識他了，她喜歡說自己曾經幫他繫過鞋帶。她高齡七十五，站在這個高度，她什麼沒見識過？她的雙手使用過度，皮膚和羊皮紙一樣皺，但是目光永遠銳利。寶拉二十五歲就成了寡婦，獨自養大四個孩子，一輩子拒絕再婚。若有人問起原因，她會說自己太重視自由。她說，**結了婚的女人背負著責任和義務**。她總是告訴茱莉亞，**親愛的，去做妳想做的事，但千萬別結婚**。她經常提起自己的訂婚宴，未婚夫是她父親選定的人，家裡種檸檬。婆婆連婚禮當天都還得去撿檸檬。鄉下的生活是沒有休息時間的。她仍記得過世丈夫的衣服和雙手永遠飄著一股檸檬香。幾年後，他因為肺炎過世，身後留下寶拉和四個孩子，於是她只好到大城市找工作。當年，她見到茱莉亞的祖父，後者雇用她到工坊工作，而她這一做就是五十年。

書堆裡才找不到丈夫！愛達大聲說。

妳別嘮叨她，婆婆嘟囔地說。

茱莉亞沒打算在書堆裡找丈夫。她跟同年齡的人不一樣，不愛上咖啡館也不泡夜店。老媽老是說，**我女兒有點不善社交**。比起吵鬧的舞廳，茱莉亞更喜歡寧靜的**社區圖書館**。她每天午餐時間都會去圖書館。她是個貪婪的讀者，深愛排滿書本的圖書室，裡頭唯一的聲音是紙張翻頁的窸窣聲。對她來說，圖書館裡有種神聖的氣氛，她喜歡這種近乎神祕的氛圍。看書時，她完全感覺不到時光的流逝。小時候，她會坐在女工腳邊，沉迷在艾密里歐．薩拉戈里的冒險故事裡。後來她發現了詩的世界。她喜愛卡普洛尼勝於翁加雷提，也喜歡莫拉維亞的散文，床頭桌上更少不了帕韋斯的作品。她常想，只要有帕韋斯陪伴，她便可以滿足地度過一生。進了圖書館，她甚至可以忘了吃，經常在午餐時間過後空著肚子回到工坊。這樣說吧，茱莉亞的大量閱讀，就像其他人大啖奶油甜餡煎餅卷一樣。

這天午後，茱莉亞回到工坊時，主廠房裡有種不尋常的安靜。她一進門，所有人的目光都投向她。

婆婆用她從未聽過的語調說，親愛的，妳媽媽剛剛打電話過來。

老爸出事了。

莎拉

——加拿大，蒙特婁

鬧鈴響起，倒數計時重新啟動。莎拉從醒來到上床睡覺之間，一直在跟時間對抗。她一張開眼睛，腦袋就像電腦處理器一樣亮了起來。

她每天早晨五點起床。她沒更多時間可以睡覺，分秒都得把握。白天的時間必須精準到毫秒不差，就像她在開學時替孩子們買的數學測驗卷一樣。無憂無慮的時光——在進入事務所、生產和擔負責任之前的日子，已經是太久遠之前的事了。現在，只要一通電話就可以改變一整天的行程：我們可以做別的事嗎？我們離開家好嗎？我們可不可以去哪裡？今天的一切都安排妥當，也預先做好了準備。再也不能隨機行事了，角色不但訂定也已經開演，每天、每星期、每個月，甚至一整年都一樣。她是母親，是高階經理人，是職業婦女、魅力指標、神力女超人，她的角色和所有女性雜誌貼在女人背上的標籤一樣多，負擔和那些女人肩上的包包一樣重。

莎拉起床，沖澡後穿上衣服。她的動作準確又有效率，宛如一首軍樂進行曲。她下樓到廚房，一貫地依序將早餐擺到桌上：牛奶、大碗、柳橙汁、熱巧克力、漢娜和西蒙的鬆餅、伊森的穀麥，最後是自己的雙份咖啡。接著她去喊孩子起床，先叫漢娜，然後才是雙胞胎。隆恩已經在前一晚準備好孩子們的衣服，他們只要自己穿上就好，同一時間，漢娜會準備大家的午餐盒，這個程序運作順利，和莎拉在市區開車送孩子上學一樣，西蒙和伊森念小學，漢娜上中學了。

在她親吻孩子，說完**你們確定沒忘了什麼東西、要穿好衣服保暖、數學考試加油、不要在教室後面吵鬧、不行，你要去體育館**，和例行的**下週末你們要去爸爸家**之後，莎拉才開車前往事務所。

八點二十分整，她把車停在停車場裡標示她名字「莎拉．柯恩，強森暨洛克伍德事務所」的牌子前面。每天早上，她驕傲地看著這面標示她停車位置的牌子；她有職銜，有身分，有她在世上的定位。這是她的成就，是畢生工作所得；是她的勝利，她的領域。

進到大廳，一如往常地，門房先向她打招呼，隨後是接線生。這裡的每一個人都喜歡她。莎拉走進電梯，按下八樓的按鈕，接著快步穿過長廊朝自己的辦公室走去。這時，事務所裡的人不多，她經常是最早到、最晚離開的人。這是打造事業必須付出的代價；是要成為莎拉．柯恩——「強森暨洛克伍德」這種聲望卓著、在城裡備受尊敬的事務所合夥人——必須付出的代價。

在這間以大男人主義著稱的事務所裡，女人大多是職員，而莎拉是第一名榮升合夥人的女性。她在法律學院大部分的女同學都碰到所謂的玻璃天花板，面臨無形障礙，升遷不易。其中有些人甚至早已放棄多年辛勤所學，轉換了跑道。但是她沒有。莎拉·柯恩不做這種事。她突破了玻璃天花板，用一次次的超時工作衝撞，她在辦公室裡度過週末，不眠不休地準備答辯狀。她還記得，十年前，自己第一次踏入鋪著大理石的大廳。她來應徵，面前排排坐著六個男人，其中包括事務所創始人、**合夥人兼事務所所長**的強森。宛如天神的強森本人下樓到會議室來擔任主試官。他半句話也沒說，但一邊嚴厲地盯著她，一邊默默詳讀她履歷表上的每一行字。莎拉雖然不自在但沒有表現出來。對她來說，經過長年練習，戴上假面具是輕而易舉的技藝。走出會議室時，她稍稍覺得洩氣，因為強森沒有對她表現出任何興趣，連個問題都沒問她。強森像是身經百戰的撲克牌高手，在面試中板著一張臉，以一句冷冷的「再見」讓面試者不敢抱太大希望。莎拉知道，來應徵這個職位的人不少。

她本來在另一間規模較小也沒那麼知名的事務所工作，沒什麼籌碼。其他人比她有經驗，態度更積極，也可能更有機會。

事後，她才曉得強森無視於蓋瑞・柯斯特的反對，將自己從眾多應徵者中欽點出列。莎拉不得不習慣一件事：蓋瑞・柯斯特要不是不喜歡她，就是太過喜歡她；或者，不是嫉妒她就是愛慕她。反正就是諸如此類的情結。他無時無刻都顯露出敵意，這敵意來得無緣無故，她也無能為力。這種男人莎拉看多了，他們野心十足、討厭女人，覺得自己備受女人威脅。她不得不和這種人打交道，但沒把他們放在心上。她只管走自己的路，讓他們望塵莫及。她在強森暨洛克伍德事務所飛速升遷，在法院建立自己的好名聲。法庭是她的競技場，是她的領域和戰場。她只要一踏入法庭，莎拉就會化身為棘手又不留情面的戰士。在法庭辯論時，她會用略不同於平常的音調說話，聲音低沉些，慎重些。若要說明解釋，她言簡意賅，像施展上鉤拳一樣，乾淨俐落直接擊倒對手，讓他們敗在論述中最脆弱的一點和最小的錯誤上。她對手上的案子瞭若指掌。她從不慌亂，從不丟臉。她法學院一畢業立刻進入溫斯頓街上一間小事務所工作，而自她執業以來，經手的絕大部分案件都獲得勝訴。大家對她既仰慕又害怕。即將滿四十歲的莎拉已經是她這一代的成功律師典範。

事務所裡流傳著小道消息，說莎拉會是下一任事務所所長。強森年紀大了，他必須找一個繼承者。所有合夥人都在搶這個位子，而且志在必得。這個位子是事業顛峰，是律師界的聖母峰。莎拉的所有條件都符合這個職位；她紀錄完美，意志堅定，具備他人無法比擬的工作能力——永遠得不到滿足的工作慾讓她不斷前進。她喜歡運動，酷愛爬山，一抵達頂峰，便立刻尋找下一個挑戰。她覺得自己的生命就像是漫長的爬升，有時甚至自問：若真到達頂端，又會遇到什麼事。對於那一天，她抱持等待但不期待的態度。

當然了，要想拚事業必定有所犧牲。她付出的代價是無數個奉獻給工作的夜晚，以及兩段婚姻。莎拉經常說，男人不喜歡把他們放在陰影下的女人，但她同時也承認，一段婚姻若有兩個律師，必定有一個是多出來的。她不常看雜誌，但有次她在雜誌上看到有關婚姻為期長短的討論，上面提到：若雙方都是律師，那麼數字會很殘酷。當時，她還把雜誌拿給丈夫看，兩個人都大笑以對——結果他們在一年後就離了婚。

莎拉對於工作的投入，讓她不得不放棄許多和孩子相處的時光。她沒辦法接孩子下課，不能出席年底義賣會、舞蹈發表會、生日宴會或共度假期，這些錯過，比她願意承認的更沉重。她知道這些時刻無法彌補，而這個念頭深深影響她。身為母親兼職業婦女，她太了解這種罪惡感，漢娜甫出生，她便體驗到這種感覺。女兒才五天大時，她就不得不將女兒交給保母，回當時工作的事務所去處理緊急狀況。她很快就知道，在她努力博取機會的環境中，哭哭啼啼的母親根本搶不到一席之地。於是，她上班前先用厚厚的粉底遮掉淚痕。她覺得自己彷彿被撕裂開來，但又不能對任何人傾訴。她嫉妒丈夫自得的態度，男人總是那麼輕鬆，對他們而言，這種掙扎似乎不存在，毫無負擔地走出家門，近乎厚顏。他們每天早上出門只需要帶著文件，而她則是扛著罪惡感，像隻烏龜背著重重的殼。一開始，她試著去對抗、丟開或否認這種感覺，但都沒有成功。最後，愧疚在她的生命中紮了根。罪惡感是她不請自來的老伙伴，既像空地上的廣告看板又像臉上的贅疣，不優雅也沒有用處，但偏偏就是存在。她只能和這種情緒和睦共處。

但莎拉在其他律師和合夥人面前從來不表現出來。她給自己訂定一條規則：絕口不談自己的小孩。她不但嘴上不提，辦公室裡也沒有三個孩子的照片。若是她必須離開辦公室帶小孩去看醫師，或是學校裡有推不掉的約見，她會告訴大家她**在外面開會**。她知道，她知道，寧可讓人以為她是早退去**喝**

杯小酒，也不要提起她和家裡的保母有問題要解決。她寧願說謊、編故事、吹牛，也不想承認自己有孩子。孩子代表枷鎖、牽絆和約束，限制你可用的時間，是事業發展的阻礙。莎拉記得，在她前一個事務所裡有個女人剛升職為合夥人，沒想到才宣布懷孕就被解職，降回原來的律師職位。這是一種無聲又無形的暴力，是沒人揭發的日常暴力。這個事件讓莎拉學到了教訓，她兩次懷孕都沒有告訴上司。讓人驚訝的是，她的肚子在懷孕很久以後——大約是第七個月——才真正大起來，因此旁人幾乎看不出她懷孕，甚至連懷雙胞胎時都一樣，就像是她肚裡的孩子也感覺到最好保持低調。這是他們的小祕密，是種不言而喻的約定。莎拉請了最短的產假，在剖腹生產兩星期之後就重返工作崗位，當時她已經恢復了無可挑剔的身材，臉色疲憊但仔細上過妝遮掩，臉上還掛著完美的笑容。每天早上，在把車子停進事務所樓下前，她會先開進旁邊的超市停車場短暫停留，以便把後座的兩個兒童座椅收進後車廂，以免有人看到。當然了，她的同事知道她有小孩，但是她小心謹慎地不讓他們想起這件事。祕書有權談起孩子的嬰兒食品和長牙問題，但合夥人不行。

莎拉就這麼在公事和家庭生活之間築起一堵封閉的高牆，雙邊各有軌道，但兩條平行的軌道永遠不能交會。這堵牆並不堅固，不但不穩還有縫隙，說不定哪天就會倒塌。那又怎麼樣？她喜歡這麼想：也許孩子們會以她的成就、以她為傲。至於陪伴兒女的時光，她努力以質來彌補量的不足。私底下，莎拉是個溫柔細心的母親。至於其他一切，反正有隆恩在，一如孩子們給他取的綽號：「神奇隆恩」。他聽到這個綽號忍不住大笑，但這綽號幾乎已經是他的職銜。

莎拉在雙胞胎出生的幾個月後雇用了隆恩。當時，她和前一任保母琳達起了衝突。除了經常遲到、工作心不在焉之外，琳達還犯了個嚴重的錯誤，讓她立刻被請出門。一日，莎拉無預警回家取一份忘了拿的文件，沒想到年僅九個月的伊森單獨躺在床上，家裡沒半個人。一小時後，琳達若無其事地帶著西蒙從市場回家。琳達犯錯當場被發現，她辯稱自己每天都會輪流帶雙胞胎的其中一個出門，因為同時帶兩個孩子出門太辛苦。莎拉當天就辭退琳達。她藉口自己坐骨神經痛向事務所請假，利用接下來的幾天面試好幾個保母，隆恩就是其中之一。起初，莎拉驚訝地看到有男人想應徵，於是把隆恩的履歷丟在一邊——新聞中經常聽到那些……此外，她的兩任丈夫對換尿布或餵奶都沒什麼才華，她很懷疑男人做這些事的能力。但是她想起自己在強森暨洛克伍德事務所的面試經驗，以及身為女性的自己為了進入這個行業所付出的一切。最後，她決定修正自己的判斷。隆恩和其他人一樣，也有權一試。他的履歷無懈可擊，推薦人值得信任。他自己有兩個孩子，住在鄰近的街區，顯然有足以勝任這個工作的所有條件。莎拉決定試用他兩星期。試用期間，隆恩的表現出色，他會花好幾小時陪孩子玩，而且廚藝極佳，又懂得採購、整理家務和洗衣服，可以接手日常生活加諸在她身上的所有工作。無論是當時才五歲的漢娜或雙胞胎都接納了他。這時候，莎拉剛和第二任丈夫——也就是雙胞胎兄弟的父親——分手，於是她想，像她們家這樣的單親家庭會需要一個男性角色。也許她下意識地認為雇用男人不至於危及她身為人母的地位。於是，隆恩成了「神奇隆恩」，無論對她或對孩子的生活都不可或缺。

莎拉每次照鏡子，看到的都是一名四十歲的成功女性：她有三個漂亮的孩子，一幢位於高級住宅區的房子，還擁有許多人羨慕的工作。她是我們在雜誌上看到的女性典範，面帶微笑，事業有成。沒有人看得到在她完美妝容和高級訂製套裝下的無形傷口。

然而，傷口一直都在。

莎拉．柯恩和這個國家上千萬名女性一樣，被分割成兩半。她是隨時可能爆炸的炸彈。

絲蜜塔

——印度，北方邦，巴德拉普

過來。

自己洗乾淨。

不要拖拖拉拉。

就是今天了。千萬不能遲到。

絲蜜塔在屋子後面的小院子幫忙拉麗達洗澡。小女孩順從地任由媽媽打點，連水流進眼睛也沒半點抗議。絲蜜塔拆開女兒的及腰長髮。拉麗達從來沒剪過頭髮，依照這地方的傳統，女人會把胎毛留得很久，有時一輩子都沒剪。絲蜜塔將女兒的頭髮分成三股，熟練地編出一條髮辮。接著，她把花了好幾個夜晚做成的紗麗遞給拉麗達。做衣服的布是一位鄰居給的。她沒錢買這裡學校的制服，但是，沒關係，她告訴自己，她女兒會漂漂亮亮地入學。

她凌晨就起床，為的是替女兒準備午餐。學校裡沒有學生餐廳，每個孩子都得自己帶午餐。她煮了米，還加了一點她留在重要日子才用的咖哩。她希望拉麗達第一天上學能吃得開心，學讀學寫都需要精力。她拿仔細清洗、裝飾過的鐵盒充當午餐盒，把飯裝進去。她不希望拉麗達在其他同學面前丟臉。將來她會讀會寫，和他們一樣。和那些賈特人的孩子一樣。

去擦粉。

去打掃神龕。

動作快。

小屋只有一個空間，要兼作廚房、房間和家中的寺廟，拉麗達負責打掃獻給神祇的神龕。她點了蠟燭，放在小神像旁邊。唸完禱文後也是她負責搖鈴。絲蜜塔會和女兒一起向生命之神，也是人類的創造者和保護者的毗濕奴祈禱。每當世界的秩序受到破壞，毗濕奴便會化身為魚、烏龜、野豬、半人半獅，甚或是人類的形象，下到人間來拯救世界。晚餐過後，拉麗達很喜歡坐在神龕旁邊，聽母親講毗濕奴十種化身的故事。祂第一次以人的形象來到人間時，幫助婆羅門打敗剎帝利[十]，以後者的血填滿五個湖。拉麗達每次

[十] 種姓制度中的次高階級，掌握政治和軍事。

一想到這個故事就會發抖。她玩耍時很小心，連一隻螞蟻、一隻蜘蛛都不敢壓死，誰曉得毗濕奴是不是化身成渺小的生物，就在她身邊。她指尖上的神祇……這個念頭讓她既高興又害怕。晚上，納戈拉陽也喜歡坐在神龕邊聽絲蜜塔講故事。他的妻子雖然不識字，卻是個說故事高手。

這天早上沒時間講故事。納戈拉陽和平常一樣，天一亮就出門。如同他的父親，他也是捕鼠人。他在賈特人的田裡工作。徒手抓老鼠是一門傳統技能，假傳承之名代代相傳。囓齒動物會啃噬農作物，還會挖地道破壞土地。納戈拉陽學到如何辨認地上這些明顯好認的小洞。他父親老是說，要專心，要有耐心，不要害怕；一開始，你一定會被咬到，但你會從經驗中學習。他記得自己第一次被咬的經驗，那年他八歲，把手伸進一個洞裡，立刻感覺一陣劇痛，老鼠咬到他皮膚最細嫩的虎口部位。納戈拉陽放聲尖叫，抽出血淋淋的手。但他父親笑了。你的方式錯了。你的動作應該要更快，要嚇老鼠一跳。再來一次。納戈拉陽雖然害怕，但他忍住眼淚。再來一次！他又試了六次，被咬了六次之後才終於抓出躲在洞裡的大老鼠。他父親拎著老鼠的尾巴，把老鼠腦袋往石頭上砸，最後才又交給兒子。他只簡單說了句：「拿去。」納戈拉陽像接下獎盃一樣接過死老鼠，帶回家去。

他母親先幫他包紮手上的傷口，接著才去烤老鼠。全家在晚餐時一起享用烤老鼠大餐。

納戈拉陽這樣的賤民是沒有薪水的，只有權利留下他們的獵物。這已經是特別禮遇了，因為抓到的老鼠是屬於賈特人的，就和農田一樣，他們擁有地上和地下的一切。

烤過的老鼠不難吃，有人說滋味和雞肉差不多。老鼠是窮人的雞肉，是賤民的雞肉。是他們唯一吃得到的肉。納戈拉陽說，他父親整隻鼠都吃，包括皮毛，唯一剩下的是不能消化的尾巴。他用棍子穿過老鼠的身子放在火上烤，然後整隻拿起來啃。納戈拉陽每次講這個故事，拉麗達都會笑。絲蜜塔則寧可剝皮吃。晚上，他們拿白天抓來的老鼠配飯吃，絲蜜塔會留下煮老鼠的水來當作醬汁。有時候，她打掃廁所的家庭會給她一些吃剩的菜飯，她會帶回家，還會和鄰居分享。

妳的吉祥痣，
不要忘記。

拉麗達在自己的雜物中找出一小瓶塗料，這是她有天在路邊玩耍撿來的——她不敢告訴母親這瓶塗料是從一個路人的皮包裡掉出來，被她占為己有。當時這瓶塗料滾到水溝裡，她撿起來當寶貝藏著。她把戰利品帶回家時還謊稱是撿到的，心裡雖然高興但也羞愧，因為，如果毗濕奴知道，那麼……

絲蜜塔從女兒手上接下那瓶塗料，在女兒額頭沾上紅點。這個圓點要完美無缺，需要訓練有素的細膩技巧。她用沾了塗料的指尖輕點女兒的額頭，再撲上粉定妝。吉祥痣——也就是這地方說的「第三隻眼」——可以保留精力、提升注意力。拉麗達今天會需要的，作母親的告訴自己。她審視小女孩額頭上均勻的圓點，露出了微笑。拉麗達很漂亮。她的輪廓精緻，眼珠黝黑，嘴唇猶如花瓣。穿上紗麗的小女孩很漂亮。看到女兒成為小學生，絲蜜塔覺得很驕傲。她心想，拉麗達吃的也許是老鼠肉，但她將來會讀書。這時她牽起女兒的手，帶她走向大路。她要牽女兒過馬路，卡車開得又快又急，路上沒有交通號誌也沒有行人專用道。

這對母女手牽手往前走時，拉麗達抬起眼睛看著母親，焦急地想，讓她害怕的不是卡車，而是連他父母都不認識的新世界，她必須自己一個人進去闖。絲蜜塔感覺到孩子祈求的目光，回頭拿起藤籃，帶女兒一起去打掃廁所很簡單。但是，不行，她不要看著拉麗達對著水溝嘔吐。她的女兒要上學。她將來會讀、會寫、會算數。

要努力。

要服從。

要聽老師的話。

小女孩突然顯得好茫然，脆弱的模樣讓絲蜜塔好想緊緊抱住女兒，再也不放開。無論多困難，她都必須抗拒這股衝動。當納戈拉陽去找老師時，老師說「好」。老師看到了絲蜜塔辛苦存在盒子裡的零錢——為了這件事，她努力存了好幾個月。老師拿走盒子，說了聲「好」。絲蜜塔知道，一切就是這樣運作的。在這裡，錢最有說服力。納戈拉陽回家向妻子報告好消息，兩個人雀躍得不得了。

母女倆穿越馬路時，突然時間就回到了現在，該是放手讓女兒走向馬路的另一邊了。絲蜜塔好想說：好好享受吧！妳不會過和我一樣的日子，妳會健健康康的，不必像我這樣咳嗽，妳會活得更好、更久，妳會受人尊敬。妳身上不會有讓人作嘔的味道，不會有這個除不掉、受到詛咒的氣味，妳會活得有尊嚴。不會有人把剩菜像扔給狗一樣扔給妳，妳再也不必低下頭垂下眼。絲蜜塔好想把這些話告訴女兒。但是她不知道該怎麼表達，怎麼把自己的希望、那些有點傻的夢想和在肚子裡拍動的蝴蝶告訴孩子。

於是，她朝孩子俯下身，簡短地說了一句：「**去吧。**」

茱莉亞

——義大利，西西里島，巴勒莫

茱莉亞驚醒過來。

這晚，她夢見了父親。小時候，她喜歡陪著父親跑行程。父女倆一大早就騎上偉士牌摩托車，她不是坐在後座，而是坐在父親的腿上。她喜歡微風吹動她髮梢的感覺，喜歡速度帶來無邊無際、自由自在的目眩感受。她不害怕，父親的雙手環抱著她，什麼壞事都不可能發生。下坡時，她會興奮地快樂大叫。她看著太陽從西西里海岸升起，看著鄰里間清早的喧囂，看著生命伸著懶腰甦醒。

但相較之下，她最喜歡的，是去按各家的門鈴。她驕傲地說，早安，我們是來收頭髮的。那些女人把裝在袋子裡的頭髮交給她時，有時還會給她糖果或聖人的畫像。茱莉亞會驕傲地收下戰利品，交給老爸。她父親則會從袋子裡拿出隨身攜帶的鑄鐵小秤——這秤子是從他父親、祖父和更早的祖先手上傳下來的——秤出頭髮的重量來估價，給點小錢。過去，那些女人拿頭髮來交換火柴，但自從有打火機以後，這個小交易便消失了。到了現在，則是用現金收購。

茱莉亞的父親經常笑著說，有些年紀大的女人身體太弱，沒辦法走出房門，只好把頭髮裝在籃子裡用繩子墜到樓下來。他則是用手勢向她們問好，先拿起籃子裡的髮束再把錢放進去，讓她們用同樣的方式把籃子拉上去。

茱莉亞還記得父親說這些故事時，他臉上的那抹笑容。

接著，父女兩人會繼續到下一戶人家。**出發了！**到了髮廊，他們的收穫會更豐盛，茱莉亞喜歡看父親收到長髮辮時的表情。長髮辮少見而且最值錢。父親先秤出髮辮的重量、丈量長度、觸摸髮質、看辮子是否紮實，接著付錢、道謝、離開。做生意要動作快，因為朗佛瑞迪工坊光是在巴勒莫就有上百個供貨人。如果速度快一點，他們還可以回家吃午餐。

影像又停留了一會兒。九歲的茱莉亞坐在偉士牌摩托車上。

接下來的幾秒鐘卻模糊又讓人困惑，現實世界彷彿難以對準焦點，和她方才的夢交織成一片。

所以這是真的。老爸昨晚出去收貨時發生了意外。不知為什麼，摩托車駛出了路面。可是父親認得路，那條路他走過不知多少次。消防隊員說，也許是動物衝到路面，要不就是父親的身體哪裡不舒服。誰也不知道真相為何。父親目前人在法蘭契斯卡·薩維里歐醫院，面臨生死關頭，醫生們拒絕斷言，只對老媽說：「要做最壞的打算。」

茱莉亞沒辦法想像最壞的情況。只要是父親就不會死；父親是永恆的，是岩石，是支柱，尤其是她的老爸。皮耶托·朗佛瑞迪是大自然的力量，會活到一百歲——就像他和老朋友一起喝渣釀白蘭地時，西諾瑞醫師告訴他的話一樣。他，皮耶托，樂天派、美酒美食的愛好者，一家之主，老闆，火爆脾氣，天性熱情；他是她的父親，她摯愛的父親不能就這麼離開。至少不是現在。不是以這種方式。

今天是聖羅薩莉亞日。茱莉亞心想，多麼晦暗的嘲諷啊。巴勒莫人會為他們的守護神歡樂慶祝。和往常一樣，大家會慶祝一整天。依傳統，她父親會讓員工放假一天，讓她們能參加慶典——先是埃曼紐大道上的遊行，接著是晚上在義大利廣場舉辦的煙火秀。

茱莉亞沒心情慶祝。她和母親及姊妹到父親的病榻前，不想理會街上的歡慶活動。躺在病床上的老爸似乎並不痛苦——這個想法稍微撫慰了她的心。父親一向強壯有力的身軀在今天看來如此的脆弱，像個孩子。他似乎比往常瘦小，她想著，彷彿縮了水。也許，當靈魂逐漸抽離時，人就是變成這樣……她立刻驅走這個黑暗的想法。她父親就在這裡，還活生生的。她必須牢牢抓住這一點。醫師說父親**腦震盪**。這個字眼表示：他們什麼都不知道。沒有人可以斷言他會活過來或會死。他自己好像也還沒決定。

老媽說，我們要祈禱。今天早上，她要茱莉亞姊妹陪她去參加聖羅薩莉亞日的遊行。花朵聖女會帶來奇蹟，她說，聖女過去從瘟疫中拯救了巴勒莫就是證明，我們必須去祈求聖羅薩莉亞。茱莉亞一點也不喜歡這種狂熱的宗教活動，也不喜歡這些群眾——她擔心他們會做出什麼意料之外的舉動。此外，她完全不相信這些。當然了，她受洗過，也領了聖餐——她還記得自己在那天穿著傳統的白洋裝，在全家人虔誠熾熱的目光下第一次領取聖餐。這是她生命中諸多極為美麗的回憶之一。但是今天，她不想祈禱。她想留在老爸身邊。

然而她母親非常堅持。如果那些醫師無能為力，那麼只有上帝能夠拯救他了。這時，茱莉亞突然嫉妒起母親從未動搖的信仰。她母親是她見過最虔誠的人，每星期都會去教堂望拉丁文彌撒，就算只聽得懂幾個字，母親卻總是說，「**服侍上帝不需要聽得懂拉丁文。**」最後，茱莉亞還是讓步了。

她們加入了聖羅薩莉亞的信眾當中，從大教堂一路遊行到四首歌廣場，潮水般的人群湧向廣場，向花朵聖女致敬，他們也帶著聖女巨大的雕像遊街。巴勒莫七月的天氣很熱，城市所有的街道上，空氣彷彿停滯了下來。遊行中途，茱莉亞彷彿就要窒息，她覺得自己開始耳鳴，眼前也一片模糊。

父親遭遇事故的消息早已傳遍街坊，她趁母親停下腳步和一名關心父親狀況的鄰居打招呼時，悄悄脫離遊行隊伍，躲進一條陰暗的小巷子裡，掬起噴泉水潑臉，讓自己清涼一下。她總算又能呼吸了。恢復精神後，她聽到巷底傳來一陣吵鬧聲。兩名身穿制服的憲兵正對著一名深色皮膚的男子吼叫。後者身材高大，頭上纏著黑色頭巾，兩名維持治安的憲兵正要他把頭巾摘下來。男子出聲抗議，他拿出證件，用帶著外國腔調的義大利文表示自己的行為一切合法，但憲兵不聽他解釋。他們惱怒威脅，說他若是拒絕摘下頭巾就要把他帶回憲兵隊，因為他頭巾下說不定藏著什麼武器，在慶典遊行的日子裡，不能心存僥倖。男子堅持自己的立場，說他的頭巾是宗教信仰的標誌，不能在公共場合摘下。他接著說，何況頭巾又不影響身分識別，他身分証上的照片也戴著頭巾，這是義大利政府給錫克族的特殊權益。茱莉亞困惑地旁觀這一幕。這男子長得很俊美，身材好比運動員，五官細緻，皮膚黝黑，眼眸也格外明亮，年紀頂多三十出頭。兩名憲兵扯開了嗓門，其中一人動手推男子，最後緊緊抓住他，押往憲兵隊去。

陌生男子沒有反抗。兩名憲兵一左一右押著他從茱莉亞身邊經過，他顯得認命但仍然保持著尊嚴。那瞬間，他和茱莉亞的目光有了交會。茱莉亞沒有垂下雙眼，陌生男子也沒有。她就這麼看著那一行三人在街角消失了蹤影。

妳在做什麼?!

法蘭契絲卡在她身後問話，把她嚇了一跳。

我們到處找妳！

走了，快點！

茱莉亞雖然遺憾，但還是跟著姊姊走回遊行的隊伍裡。

那天晚上，她一直想著那名深色皮膚的男子，輾轉難眠。她忍不住想知道那名男子最後有什麼遭遇，憲兵又對他做了什麼事。他們有沒有審問他，有沒有動手打他？還是說，他們要把他遣返回國？她的思緒迷失在這些毫無意義的臆測當中。疑問一個接著一個地折磨著她：當時她該介入嗎？如果她真的介入，又能做什麼呢？她為自己的裹足不前感到愧疚。她不懂的是陌生男子的命運為什麼會讓她這麼感興趣？看著他時，她感到一股從來未曾體驗過的陌生情感。那是好奇嗎？或是移情作用？

除非那是某種她無以名之的感覺？

莎拉

——加拿大，蒙特婁

莎拉倒下了。就在剛才，當她在法庭上答辯的時候。她先是停頓下來，呼吸急促，四處張望，像突然不知道自己置身何處。她嘗試著接上剛才的論述，唯一洩漏出她強忍身體不適的，只有她蒼白的臉色和顫抖的雙手。但接著她眼前彷彿起了霧，視線變得模糊，呼吸又開始變短促。她的心跳變慢，臉上血色盡失，像是被河水拋棄的河床。如同人說不可能動搖的世貿大樓雙塔一般，莎拉倒了下來。她倒下時沒發出聲音，沒有抗議也沒有呼救。她像紙牌屋似的靜靜倒下，甚至稱得上優雅。

她張開眼睛，看到一名身穿消防隊員制服的男人俯身看著她。

妳剛剛昏倒了，女士。我們帶妳去醫院。

那個男人稱呼她：女士。莎拉雖然還沒有完全清醒，但她可沒忽略這個細節。她討厭別人稱呼她**女士**，聽到這個稱呼，她就像挨了一記巴掌。事務所的每個人都知道，他們會稱呼她律師或小姐，從來不曾喊過女士。她結了兩次婚也離了兩次，後果應該抹滅了。莎拉痛恨這個用語，因為這用語代表：妳已經不年輕也不是小姐了，妳現在列入後一項類別。她厭惡那些要勾選受訪者年齡層的問卷。這讓她必須捨棄迷人的「三十到三十九歲」，轉而勾選沒那麼吸引人的「四十到四十九歲」。對莎拉來說，四十多歲還遠得很。三十八、三十九對她都不成問題，但四十，不，說真的，她還沒準備好。她沒想到四十歲來得這麼快。她想起自己曾經在雜誌上看到香奈兒女士的一句話：「沒人過了四十還年輕」，一看到這句話，她就把雜誌蓋上。於是，她當然沒看到接下來的那句：「但在每個年齡，我們都可以讓人無法抗拒」。

是**小姐**。莎拉立刻指正對方，一邊直起身。她想站起來，但消防隊員用一個溫和但權威的手勢阻止她。她表示抗議，因為她的案子正在審理中。這案子緊急又重要——所有的案子都一樣。

妳昏倒時割傷了，我們得帶妳去縫合傷口。

伊涅絲一直在她身邊。伊涅絲是她雇用的律師，協助她處理案件。這名年輕女性告訴她審判庭已經延期，而且她剛才也打了電話回事務所，把莎拉接下來的會議挪開。伊涅絲一如以往，反應迅速、效率高超，換句話說，就是「完美」。她似乎很擔心莎拉，自告奮勇要陪伴莎拉去醫院，但莎拉寧願她回事務所去。她在事務所更有用，可以為第二天的傳訊庭做準備。

她在簡稱CHUM的蒙特婁大學附屬醫院急診室等待時，莎拉想著，儘管這個迷人的簡稱會讓人想起男女朋友，意味著戀愛關係[1]，但是這地方可是一點也不浪漫。等到最後，她站起來準備離開。她不打算為了要在額頭上縫三針，就在急診室裡枯等兩個小時。簡單包紮一下就夠了，她得回去工作。但是一名醫師攔住她，要她坐下，她必須等，因為再過一會兒還要檢查。莎拉抗議無效，只能乖乖聽話。

等待許久以後，終於來為她問診的實習醫師有著一雙修長纖細的手。他看起來很專心，但提了一堆問題，莎拉都只簡短回答。她不知道這有什麼意義，她健康得很，她重複了好幾次相同的回答。但實習醫師仍然繼續檢查。

最後，她像個好不容易招供的嫌犯一樣勉強承認，是的，她這陣子很累。有三個孩子和一幢房子要養，有個冰箱需要填滿，還有一份全職工作，哪可能不累？

莎拉沒說的是這幾個月來，她才起床就覺得筋疲力盡。每晚回家，她先聽隆恩報告三個孩子當天的大小事，然後和孩子們一起用晚餐，把雙胞胎送上床，幫漢娜複習功課。她買了一個超大螢幕的電視卻從來沒看過，但做完這些事，她總是連遙控器都沒碰就癱倒在沙發上睡著。

同樣的，莎拉也沒說這陣子她感覺到左胸疼痛。一定不會有事的……她不想提，不是這裡也不是現在，不是對著這個冷淡又陌生的白袍醫師說。時

十 法文中，chum這個單字意為「好友、密友」。

候還沒到。

然而這名實習醫師似乎很擔心：她的血壓太低，而且臉色太蒼白。莎拉輕輕帶過，她開始假裝，轉移對方的注意力，這是她的拿手好戲。再怎麼說，這也是她的看家本領。事務所裡每個人都聽過這個笑話：**要怎麼判斷律師有沒有說謊？看他有沒有張開嘴巴就知道了**。城裡最棘手的法官都敗在她手下了，這個年輕實習醫師怎麼可能是她的對手。只是過度疲勞。這個說法讓她露出微笑。過度疲勞是流行用語，她只是累，冠上這頂大帽子太誇張。她今天早上吃得不夠多，要不然就是睡眠不足……她還想要幽默，加一句：而且性生活不美滿，但是實習醫師嚴肅的臉孔讓她打消了拉近彼此距離的念頭。可惜了，他稱得上英俊，戴著眼鏡又有一頭鬈髮，算是她喜歡的型……好，如果有必要，她會服用維他命。她臉上掛著笑容，告訴他自己獨家配方的提神飲料：咖啡、干邑白蘭地加上古柯鹼。很有效的，他應該試試。

實習醫師沒心情開玩笑。他建議她請假一陣子休息。「不要一直踩著加速器，抬起腳來」，這是他的說法。莎拉大聲笑了出來。所以嘛，醫師還是可以有幽默感的……抬起腳？要怎麼抬？上拍賣網站賣掉孩子？決定從今天起，大家再也不吃東西？還是告訴客戶說她要罷工？她經手的案子都很重要，沒辦法委任給別人。「停下來」不是她的選項。至於「休假」，她連這個字眼是什麼意思都不知道，她連上次休假是什麼時候都記不清楚了——是去年，還是前年？醫師冒出一句她寧可沒聽到的話：**沒有人是不可取代的**。他顯然完全不知道在強森暨洛克伍德事務所擔任合夥人意味著什麼；不知道身為莎拉．柯恩的意義。

她現在想離開了。實習醫師想讓她做其他檢查，但是她逮到機會就跑。

其實，她不是那種會把事情拖到隔天再辦的人。在學校裡，她一直是好學生，是老師口中「勤勉向學」的典範。她不喜歡把事情留到最後一秒才做，她喜歡「超前部署」。她習慣把週末前幾個小時或假期前幾天拿來做功課，接著她就自由了。在事務所裡也一樣，她的進度一向遙遙領先他人，這正是她升遷迅速的原因。她從來不碰運氣，她永遠預先準備。

但不是這裡，不是現在。

時候還沒到。

於是莎拉回到自己的世界，回到滿滿的行程、視訊會議、待辦事項、辯護案件、聚會、筆記、會後紀錄、商務午餐、傳訊庭、暫時命令裁定和三個小孩身邊。她像個盡責的士兵一樣回到前線，重新戴上一向再適合她不過的面具：帶著微笑的成功女性。這張面具沒有受損，連一絲裂縫都沒有。回到辦公室，她向伊湼絲和其他律師保證，沒有什麼問題。一切和從前相同。

接下來的幾星期，她得做一些婦科檢查。問診時，她說，是的，我覺得好像有東西。婦產科醫師開了一連串的檢查項目，光是要唸出那些可怖的字眼就讓人害怕：乳房攝影、核磁共振、掃描、切片。光是這些檢查就幾乎是確診，是定罪。

但現在**還不是時候**。莎拉不顧實習醫師的建議，離開了醫院。

現在，一切都很好。

只要我們不談，事情就不存在。

這個空間沒比臥室大，
裡面最多只能擺一張床，
而且是兒童床。
我就是在這裡工作，獨自一人，
日復一日，渺無聲息。

當然了，機器可以取代，但成品粗糙，
這裡沒有生產線。
每個款式都獨一無二。
每一件作品都讓我引以為傲。

隨著時間流逝，
我的雙手似乎脫離了身體，有自己的想法。
手法可以學，
但速度來自多年經驗。

這工作我做了太久，
低著頭彎著腰，
我的眼力隨之耗損。

我的軀體疲倦，
因為關節炎而全身僵硬，
然而，

我的指頭依舊靈活。

有時，我的心神會脫離這個工坊，
帶我去
遙遠的國家，
陌生的生活，
那裡的聲音朝我而來，
宛如微弱的回音，
交織著我自己的聲音。

絲蜜塔

——印度，北方邦，巴德拉普

回到小屋，絲蜜塔立刻注意到女兒的表情。這天她加快手腳打掃，也沒像平常那樣到鄰居家去分享賈特人給的剩飯，而是跑去到水井去取水，放下藤籃後在小院子洗澡。她只用了一桶水，不能再多了，她得把水留給拉麗達和納戈拉陽。每天晚上，在踏進家門前，絲蜜塔會用肥皂洗三次澡，她拒絕把令人作嘔的味道帶回家，她不希望女兒和丈夫看到她就聯想到惡臭。那股惡臭是別人家的糞便，不是她，她不想降低自己的身分。於是，在北方邦邊陲，在巴德拉普村莊的邊緣地帶，她在小屋後面的院子拉起一塊布遮擋，躲在後面用力搓洗自己的雙手雙腳、身體和臉，力道大到幾乎要搓下一層皮。

絲蜜塔擦乾身體，換上乾淨衣服才走進小屋。拉麗達縮起雙腳坐在角落裡，膝蓋抵著前胸，雙眼直愣愣地盯著地面。女孩的臉上浮現出她母親從未見過而且難以形容的表情，當中夾雜著憤怒和哀傷。

妳怎麼了？

孩子沒有回答，不肯張口說話。

告訴我。

妳說啊。

快說！

拉麗達仍然保持緘默，她眼光茫然，好像盯著想像中只有她知道的某個點，某個離小屋、離村莊很遠，某個不得其門而入、沒有人到得了、連她母親也不知道的地方。絲蜜塔發脾氣了。

說話！

女孩蜷起身子，像極了嚇得縮進殼裡的蝸牛。若要搖她、吼她，或強迫她說話都不難。但絲蜜塔太了解女兒，如果這麼做，她什麼都不會說。絲蜜塔肚子裡的蝴蝶變成了螃蟹，她急了。女兒在學校裡到底遇到什麼事？她把寶貝女兒送進她自己都不認識的世界。她錯了嗎？他們究竟對她女兒做了什麼事？

她審視女兒，發現女兒那件紗麗的背後似乎破了。沒錯，是撕破的。

妳做了什麼事？

妳把自己弄髒了！

妳跑到哪裡去了?!

絲蜜塔抓住女兒的手，把她從牆角拉出來。她一連幾個晚上花好幾個小時縫製這件紗麗，甚至放棄睡眠，只為趕上開學日。這件讓她驕傲的紗麗竟然破了、毀了、髒了！

妳把衣服弄破了！妳看！

絲蜜塔憤怒地大聲責罵，接著卻突然愣住。她突然有個恐怖的想法。她把拉麗達帶到明亮的室外——小屋裡面很昏暗，光線幾乎照不進去。她動手脫女兒的衣服，用力扯下紗麗。拉麗達沒有反抗，紗麗本來就有些太大，因此一扯就整件拉下來。絲蜜塔看到孩子的後背，忍不住顫抖：拉麗達光裸的背上有一道道紅色的痕跡。藤條打出來的痕跡。有些傷痕還裂了開來，腥紅的顏色就和她的吉祥痣一樣。

是誰?!

告訴我！

誰打妳?!

小女說出兩個字，還垂下眼睛。只有兩個字。

老師。

絲蜜塔漲紅了臉，氣得脖子上青筋畢露——拉麗達看到突起的血管嚇壞了，母親一向那麼冷靜自持。絲蜜塔抓住女兒用力搖晃，孩子瘦小赤裸的身體搖得像樹枝。

為什麼？

妳做了什麼事？

妳沒聽老師的話?!

她怒不可遏，女兒竟然在開學的第一天就不聽話！這下好了，老師不會願意收這孩子的，絲蜜塔的希望破滅了，一切努力付之一炬！她知道這代表什麼：得要回頭去掃廁所，回到爛泥和別人的糞便中。回去拿起藤籃，拿起那個她一心想讓女兒避開的可惡藤籃……絲蜜塔一向心平氣和，從來沒打過任何人，但是一股無法控制的怒火突然迸發出來。這個全新的感覺徹底占據她，潮水憤然衝垮了理智的堤壩。她揮手掌摑女兒。這掌打得拉麗達整個人往後退，孩子只能用雙手護住自己的臉頰。

納戈拉陽從田裡回家，正好聽到院子裡傳來的哭叫聲，於是加快了腳步。他擋在妻子和女兒中間。**「住手！絲蜜塔！」**他設法分開這對母女，並且將拉麗達抱在懷裡。孩子哭到不停發抖。他看到女兒背上的痕跡和皮開肉綻的傷口。他緊緊抱住孩子。

絲蜜塔斥責道，「是她不聽婆羅門的話。」納戈拉陽轉頭看著抱在懷裡的女兒。

是真的嗎？

一陣靜默之後，拉麗達終於說出一句話，像是給父母都甩了記耳光。

他要我掃教室。

絲蜜塔愣住了。拉麗達的聲音很小，她不確定自己有沒有聽錯，於是她要孩子再說一次。

妳說什麼?!

他要我在同學面前掃地。

我說我不要。

孩子怕母親再打她，又往後躲。她突然變得好小，像是因為害怕而縮小。絲蜜塔差點無法呼吸。她一把拉過女兒，細瘦手臂使出最大力量抱住女兒，哭了出來。小女孩把臉埋在母親頸間，是放棄，也是跟母親講和。母女就這麼擁抱了好一會兒，一旁的納戈拉陽迷惑地看著母女倆。這是他頭一次看到妻子哭泣。面對生命加諸在他們身上的難題，她從未退縮也不曾放棄，絲蜜塔是個意志堅強的女子。但今天不同。她抱著遭到毒打又受到羞辱的女兒，自己也變得像孩子一樣，她放聲哭泣，哭她的希望破滅，哭她不能把自己夢想多時的生活帶給女兒，因為賈特人和婆羅門永遠會提醒她們，要她們知道自己是誰，從哪裡來。

那天晚上，她好不容易又哄又搖才讓拉麗達入睡。絲蜜塔放任怒火爆發。這個老師、這個婆羅門為什麼那麼做？當初，他答應收拉麗達當學生，讓她和其他學生、和那些賈特人的孩子一樣，而且他收了錢，還說了好！絲蜜塔認識那個男人，他家在村中心。她每天都去洗他家的廁所，他妻子有時會送米給她。既然這樣，他為什麼要做那種事？

她突然想起毗濕奴幫助婆羅門時，用剎帝利鮮血填滿的那五個湖。婆羅門階級的人受過教育，是祭司，是受過啟發的人，是種姓制度中最高貴的階級，站在人類的高峰。他為什麼要打拉麗達？她女兒不會對他們造成危險，不會威脅他們的學識或地位，為什麼要這樣把她踩在爛泥中？為什麼不像教育其他孩子那樣，教她讀書寫字？

要她打掃教室代表她不配待在教室裡。代表她是賤民，是**清潔工**，而妳只要活著就不會改變這一點。妳會死在糞堆裡，就像妳母親妳祖母和家族眾多女人一樣。和妳的女兒妳的孫女和她們的後代一樣。除此之外，妳一無所有，妳穢不可觸，只是被遺棄的人，無論過了幾百年，妳也只能擁有讓人作噁的臭味，只能去撿別人、撿全世界的屎尿。

拉麗達沒有任人擺布。她說不要。想到這裡，絲蜜塔不禁為女兒感到驕傲。這個還沒一張凳子高的六歲孩子直視婆羅門的雙眼，說：「不要。」他當著全班同學的面抓著她用藤條打。拉麗達沒有哭叫，一聲也沒吭。午餐時間鐘響時，婆羅門不但不讓她吃飯，還沒收絲蜜塔為她準備的鐵盒。小女孩甚至不准坐下，只能站著看全班吃，但是她沒有抗議也沒有乞求。她獨自一人直挺挺地站著，渾身散發著尊嚴。是的，絲蜜塔以女兒為傲，她吃的也許是鼠肉，但是她比所有婆羅門和賈特人加起來更強大，他們沒能讓她屈服，沒能擊毀她。他們拿藤條打她，在她背上留下一道道傷痕，但是她的內心仍然毫無損傷。

納戈拉陽反對妻子的看法：拉麗達應該妥協，應該去掃地，畢竟掃地不可怕，比起挨打好太多……絲蜜塔勃然大怒。他怎麼可以說這種話?!學校的目的是教育不是奴役。她要去找那個婆羅門談談，她知道他住哪裡，她知道他家後面的暗門在哪裡，她每天都帶著藤籃從那扇暗門進他家去撿大便……納戈拉陽連忙阻止妻子：這麼一來，她只會激怒對方。他比她有權勢。任何人都比她有權勢。拉麗達如果想回學校，就應該接受他人的欺凌。這是想要讀書寫字的代價。他們的世界就是如此，要超脫種姓制度就要接受懲罰。在這裡，做任何事都有代價。

絲蜜塔氣得發抖，她瞪著丈夫看。她不會讓自己的孩子成為婆羅門手下的待宰羔羊。他怎麼敢那麼想？怎麼可以那麼想?!他應該為女兒挺身而出，應該要反抗，應該為女兒和全世界抗爭——父親不就該這樣嗎？絲蜜塔寧死也不要再把女兒送去學校；拉麗達再也不會去了。她詛咒這個欺壓弱小、婦女、孩童的社會，詛咒這個沒有保護該受保護者的社會。

納戈拉陽的回答是，算了。拉麗達就不要回學校了。絲蜜塔明天就帶她去掃廁所。她應該學習她母親和祖母的職業。絲蜜塔得把藤籃傳給女兒。畢竟，幾世紀以來，他家女人都做這個工作。這是她的**法**[十]。絲蜜塔對女兒本來就不該有除此之外的期望。她想脫離為她規畫好的道路，但婆羅門用藤條將她帶回原路。討論到此結束。

這天晚上，絲蜜塔在供奉毗濕奴的小神壇前祈禱。她知道自己不可能入睡。她再次想到以血水填滿的五個湖泊，心想，要有多少個填滿賤民鮮血的湖泊，穢不可觸的人才能夠脫離這個千年枷鎖。和她相同的賤民有上百萬

十 darma，在印度教的語境中，「法」代表義務與責任。

人，這群人屈從地等待死亡，就像她母親說的，下一輩子會更好，除非這個殘酷的輪迴過程失靈。她只能期待最終目的地——涅槃[註]的到來。她的夢想是死在神聖的恆河邊。她聽人說，死在聖河邊，生命的輪迴就會結束。最終的目標是不再重生，與「絕對」和「宇宙」融合在一起。她母親說，這個機會不是人人都有的，有些人得到的判決是：活著。我們要把萬物的秩序當作神祇的制裁。要得到永恆必須付出代價，事情就是這樣。

所以在等待永恆時，賤民必須卑躬屈膝。

絲蜜塔不一樣，今天不行。

而她自己呢，她是已經接受了這個殘酷的命運。但她女兒不行。在這裡，就在毗濕奴的小神壇前，在她丈夫已經入睡的陰暗小屋裡，她向自己承諾：不，拉麗達不會走上這條路。她的反抗無聲無息，聽不到，也幾乎看不到。

但這個反抗就是存在。

、

十二 nirvana，古印度宗教中，這是代表從痛苦中解脫，或印度教追求的清淨境界。

茱莉亞

——義大利，西西里島，巴勒莫

茱莉亞看著父親，心想，還真像睡美人。

他在醫院病床的白床單上已經躺了八天。他的狀況沒有變化，看起來很平靜，這麼睡著，猶如等人來喚醒的未婚妻。茱莉亞想到，在自己小時候，父親晚上都會讀《睡美人》的故事給她聽。講到給睡美人帶來厄運的邪惡仙子時，他會壓低聲音說話。這個故事她聽過不下千次，但在公主終於醒來時，她總覺得鬆了一口氣。她好喜歡夜幕低垂時，父親的聲音在家裡迴盪。

那聲音停下了。

老爸身邊現在只有靜默。

前幾天，工坊不得不開工。所有員工都表達出她們對茱莉亞的支持。吉娜做了她最喜歡的卡薩塔奶酪蛋糕，阿涅絲幫老媽買了巧克力。婆婆提議和她輪流照顧老爸。艾利西亞的哥哥是修士，他為父親向聖加大利納[1]祈禱。她們在茱莉亞身邊打造了一個緊密的群體，拒絕向哀傷低頭。茱莉亞在她們面前一直保持正向思考，像她父親過去一樣。她深信他會從昏迷中甦醒過來。他會回到原來的位置。這期間只是一段插曲，她告訴自己，是暫停的時刻。

每天晚上從工坊下班後，她會來到父親的床邊。她養成了為他朗讀的習慣——根據醫師的說法，昏迷中的病患聽得到別人在他身邊說話。於是茱莉亞會高聲朗讀幾個小時，讀詩、散文或小說給父親聽。她告訴自己，現在換成我說故事給他聽了。他為我說過那麼多故事。就她讀，老爸聽得到，她知道。

這天，她在中午休息時間到圖書館去借書，準備晚上讀給父親聽。她踏進鴉雀無聲的閱覽室，遇到一件奇怪的事。起初，她沒看到柱子後面的人，隨後忽然發現是他。

他在那裡。

那條頭巾。

十 Santa Caterina，十四世紀義大利人，歐洲女主保聖人。

聖羅薩利亞日那天她在巷子裡看到頭巾。

茱莉亞看得目瞪口呆。那個陌生男子背對著她，她看不到對方的臉。接著，他換到另一條走道。出於好奇，她緊跟在他後面。在他伸手拿書時，她終於看清了他的面孔——是他沒錯，是那個被憲兵逮捕的男人……他似乎在找什麼東西，但一直沒找到。這個巧合讓茱莉亞有些疑惑，她看了他好一會兒。他沒注意到她的目光。

最後她還是走到他身邊。她不知道該怎麼開口，她不曾向男人搭訕，通常都是男人來找她講話。茱莉亞很漂亮——至少那些男人經常這麼說。儘管她的外表有點男孩子氣，但她散發出兼具無辜和性感的氣質，男人通常會受到吸引。她可以感受到自己路過時，男人的眼睛會亮起來。義大利人天生懂得甜言蜜語，但她很清楚那樣的對話會朝哪個方向發展。然而在這時，毫無預期地，她心底突然萌生一股勇氣。

早安。

陌生男子驚訝地轉過頭來。他似乎認不出她。茱莉亞膽怯地頓了一下。

遊行那天，我在巷子裡看到你。那時候，憲兵……

她突然覺得困窘，沒把話說完。說不定提起那件事會讓他尷尬？……她已經為自己的大膽後悔了。她好想立刻消失，真希望剛才沒找他說話。但是陌生男子點了點頭。他現在認出來了。

茱莉亞接著說：

我擔心……他們會把你關起來。

他咧嘴微笑，露出憨厚又饒有興致的表情——這個為他擔心的怪女孩是誰？

他們關了我一下午，然後就讓我走了。

茱莉亞審視他的五官。他的膚色雖然深，但眼眸的顏色卻淡得讓人難以置信，她現在看得很清楚。那雙藍眼睛帶著綠邊——又或者是綠眼帶著藍邊；這個組合很吸引人。她繼續說：

我可以幫忙。

這幾櫃書我很熟悉。

你在找哪本特定的書呢？

陌生男子解釋，他想找一本義大利文的書。他又確切指出，但不要太難。他義大利文說得流利，但閱讀仍有些障礙。他想求進步。茱莉亞表示認同。她帶他到義大利文學區。她思忖——對他來說，現代文學作家應該比較難。最後，她推薦他讀薩爾加里[十二]的《空氣的小孩》，她小時候看過這本書。陌生男子接過書，向她道謝。這種時候，這裡無論哪個男人都會留住她找話說，利用這個機會試著追求她。但他沒有。他只向她打個招呼就離開了。

茱莉亞看著他拿剛借到的書走出圖書館，整顆心都抽緊了。她怪自己沒

十二 Emilio Salgari（1862-1911），義大利冒險小說作家。

勇氣追上去。西西里島沒有人會做這種事。沒有哪個女孩會追在剛認識的男人身後跑。茱莉亞為自己只是個年輕女孩感到遺憾。年輕女孩通常眼看著機會流逝，不敢去改變。在這一刻，她忍不住要咒罵自己的怯懦和被動。

她當然交過男朋友，談過情說過愛，也曾經歷幾段故事。還有親吻與偷偷摸摸的愛撫。茱莉亞不去阻止，而是愉快地回應男方展現的興致。但是她還不曾為了討好男人而勉強自己。

在回工坊的路上，她想著那名陌生男子，想著他過時的頭巾，想著他必須包住的頭髮。她還想著他皺皺襯衫下的身體。這個想法讓她臉紅。

隔天，她再次來到圖書館，暗自期待能夠再次與他碰面。其實，這天她並不需要借書，要朗讀給老爸聽的書還沒讀完。走進閱覽室時，她愣住了。

那名陌生男子在裡面。在和昨天相同的位置。他抬起眼睛看她，彷彿正等著她。這一刻，茱莉亞以為自己的心臟會跳出來。

他朝她走過來，兩人距離近到她能聞到他溫熱又帶著甜味的氣息。他想感謝她昨天為他推薦了書。他不知道該送她什麼，所以帶來一瓶橄欖油，他在生產這瓶油的合作社工作。茱莉亞感動地看著他；他溫柔又莊重的氣質打動了她。這是第一次有男人讓她產生這樣的感覺。

她驚訝地接過小瓶子。他說，這是他用自己摘的橄欖榨的油。話說完他就打算離開。茱莉亞攔住他，紅著臉提議一起到海堤上走走……海那麼近，天氣那麼好……

陌生男子想了一下才接受她的邀請。

卡默吉・辛——這是他的名字——不太說話。這讓茱莉亞頗為驚訝；西西里男人不但多話，彼此也很喜歡聊天。女人的角色是在一旁聽。就像她母親講的，要讓男人發光發熱。卡默就不同了。他不太聊自己的事。然而在這天，他卻把自己的故事告訴了茱莉亞。

他是錫克教徒，為了躲避迫害，二十歲就離開了喀什米爾。一九八四年，印度軍方以武力血腥鎮壓要求獨立的錫克教徒，在金寺[三]大肆屠殺虔誠的教徒，從那時起，他們的命運便受到了威脅。卡默在一個寒冷的夜晚來到西西里島，他的父母沒跟著來——當時，很多錫克教徒會在孩子成年後，把他們送到西方國家。接待他的，是島上最大的錫克教社區。他說，次於英國，義大利是歐洲接待錫克教徒第二多的國家。最早，他透過非法的農業廉價勞工仲介找到打工的機會。他告訴茱莉亞那些非法仲介者如何招募沒有證件的非法勞工，又怎麼安排他們的交通問題。仲介者負擔這些費用，還會給他們一瓶水和簡單的麵包，但打工薪水要讓他們抽成，有時甚至高達五成。卡默記得他曾經接過時薪才一、兩塊歐元的工作。他採收過這塊土地能產出的各種作物，包括檸檬、橄欖、櫻桃番茄、柳橙、朝鮮薊、櫛瓜、杏仁……他們沒辦法爭取自己想要的工作條件。要麼就接受，要麼就放棄。

卡默的耐心最後得到了報償。當了三年非法勞工之後，他終於取得難民身分和永久居留證。隨後，他在一個生產橄欖油的合作社找到夜班工作。他喜歡這份工作。他描述自己如何用某種特製的耙子梳理橄欖枝，在不傷到果實的情況下採收橄欖。他喜歡這些橄欖樹的陪伴，其中有些樹都已經高齡千

三 正式名稱為哈爾曼迪爾．薩希卜（Harmandir Sahib），是錫克教最重要的謁師所。

年了。這樣的長壽讓他著迷。他笑著做出結論，橄欖是高貴的食材，是和平的象徵。

政府雖然給了他合法的身分，但這個國家並沒有完全接納他。西西里社會遠遠看著移民，兩個交流的世界互相不交談。卡默承認自己思念家鄉。說到這裡，他整個人籠罩在哀傷的情緒中。哀傷像件大衣，飄在他的周遭。

這天，茱莉亞遲了兩小時才回到工坊。為了安撫焦急的婆婆，她謊稱腳踏車有個輪子爆胎。

她沒說出實情：腳踏車兩個輪子都好好的，但她的靈魂卻翻天覆地了。

莎拉

——加拿大，蒙特婁

炸彈引爆了。炸彈剛才在診間裡炸開，略顯笨拙的醫師不知該如何把診斷結果告訴她。他有多年的執業經驗，結果呢，他還是不習慣。一定是因為他太為病人難過了，那些年輕或不太年輕的女性一聽到可怕的診斷結果，只能眼睜睜地看著自己的生命在幾分鐘內風雲變色。

BRCA2[十一]。莎拉以後會學到自己變異的基因名稱。這是對阿什肯納茲猶太[十二]女性的詛咒。她心想，難道猶太人背負的詛咒還不夠多嗎，都已經發生過大屠殺了，為什麼癌症還要找上她，找上乳房？日後，她會在一篇白紙黑字的醫學文章中讀到：阿什肯納茲猶太女性罹患乳癌的比例是四十分之一，相較之下，全球女性則是平均每五百人有一人罹患乳癌。這是科學實據。此外，若直系親屬有人罹癌，或是生產過雙胞胎……都是讓風險更高的因素。所有的跡象都擺在那裡，莎拉心想，顯而易見。但她就是沒看到。或者說，她沒意願去看。

她面前的醫師有一對又黑又濃密的眉毛。莎拉沒辦法拉開目光，怪了，這個她不認識的醫師正指著片子對她說腫瘤有一顆小橘子大，但她卻沒辦法專心聽。她覺得自己只看得到好像野獸居住地的雜亂黑眉毛，而且他的耳毛還冒出耳朵外。幾個月後，當莎拉回想這一天，最先浮出的記憶是：宣告她罹癌那位醫師的眉毛。

當然了，他沒說出「癌」這個字，沒有人會光明正大說出這個字，而是拐彎抹角、透過讓人淹沒其間的深奧醫學術語。這個字像是侮辱，像禁忌又像詛咒。但話說回來，事實也是如此。

他說：一顆小橘子大小。腫瘤就在那裡。莎拉盡了全力拖延，不承認自己感覺到陣陣劇痛和極度疲憊。只要念頭一出來，只要她能——或應該——說出來時，她會立刻排除這個想法。但今天她必須面對。腫瘤確實存在，就在那裡。

十一 乳癌約有百分之十為遺傳性乳癌，BRCA1 與 BRCA2 為乳癌最常見的基因變異。

十二 泛指源於中世紀德國萊茵河流域兩岸一帶的猶太人後裔。

莎拉想，一顆小橘子，既巨大又微不足道。這場病來得猝不及防。腫瘤是惡性的，它在暗中籌畫著如何出擊。

莎拉聽醫師繼續說話，她觀察著他嘴唇的開合，但她對他說出口的話充耳不聞，像是隔著一層厚厚的墊子，又像是這件事與她無關。如果事情發生在她親近的人身上，她會驚慌失措甚至崩潰。說來也怪，生著病的本人，自己卻沒什麼感覺。她雖然聽著醫師說話卻一點也不相信，彷彿他說的是別人，一個她完全不認識的人。

最後，醫師問她是否有問題。莎拉面帶微笑地搖頭，她無時無刻不掛著這個她最熟悉的笑容，這笑容代表著：**別擔心，不會有事的**。這當然是假象，這個面具後面堆著滿滿的傷痛、懷疑和焦慮——說實話，那真是一片混亂。表面上什麼都看不到。莎拉的笑容平靜優雅，堪稱完美。

她沒向醫師問自己的存活機率，因為她不願將自己矮化成統計數字。有些人會想知道，但是她不。她不要讓那些數字影響她，無論在她的意念或想像中都不行，那些數字和腫瘤一樣會擴大，會危害她的情緒、信心和康復。

莎拉坐計程車回事務所，路上，她開始分析自己的狀況。她是鬥士。她要奮鬥。莎拉・柯恩要像處理其他事情一樣處理這件事。她打官司從來沒輸過（若有也是極少數），這顆小橘子無論多惡毒都嚇不倒她。在「莎拉・柯恩對M」——她決定以M當作小橘子[三]的代號——一案中，會有攻防，有反擊，她相信也會有下流的招數。莎拉知道對手不會輕易認輸，橘子很邪惡，

三 橘子的法文為mondarine。

絕對是她遇過最奸詐狡猾的對手。這會是一場持久戰，一場心理戰，會遭遇一連串充滿希望、懷疑，以及她可能自以為落敗的時刻。她無論如何要撐下去。這種戰爭要靠耐力取勝，莎拉很清楚。

她用研究案子的方式，擬定了打擊病魔的策略大綱。她不要告訴任何人。誰都不行。事務所裡的人全部不能知道。這消息會給團隊帶來太大的震撼，如果連客戶都知道就更糟了，會引發不必要的焦慮。莎拉是事務所的根基，是台柱之一，她必須夠牢靠，才不至於讓整棟樓跟著倒。況且，她根本不需要別人的憐憫和同情。她是病了沒錯，但是她的生命不能因此改變。一切必須井然有序才不會引起懷疑，所以她必須在工作日誌上用密碼標示就醫時間，找出缺席的好理由。她必須展現創意、規畫能力，和機伶的一面。她和間諜小說中的女主角一樣，要打一場敵明我暗的戰爭。這有點像偷偷摸摸的婚外情，她要讓她的病隱姓埋名。她知道怎麼分隔自己的生命，因為她已經有好幾年的經驗。她要繼續築牆，而且要越築越高。畢竟，她曾經成功隱藏兩次懷孕，一定也能成功藏住罹癌的事實。癌症會是她見不得光的私生子，不可以讓人懷疑他的存在。不可承認也看不見蹤影。

回到事務所之後，莎拉重新投入工作中。她偷偷觀察同事的反應、目光和說話聲音的起伏。不，她的額頭上沒刻著「癌症」兩個字，沒有人會看出她病了。

她的內心裂成碎片，但沒有人知道。

絲蜜塔

——印度，北方邦，巴德拉普

離開。

這個念頭猶如上天的旨意，來到絲蜜塔的腦海中。他們必須離開這個村莊。

拉麗達不會再回學校。拒絕掃地後，老師在同學面前打她。這些孩子以後會成為農夫，而她得去撿他們的糞便。這是不可能的事。絲蜜塔不會讓這種事發生。有次，她在隔壁村莊的診所聽到醫師引用甘地的一句話：「沒有人該用手碰觸人類的糞便。」聖雄甘地似乎已經宣布賤民身分違法、違憲，也違反人權，但宣布過後，一切都沒改變。大部分賤民沒有抗議，就這麼接受自己的命運，其他的人為了逃脫種姓制度的枷鎖，隨著賤民的精神領袖阿姆倍伽爾皈依佛門。絲蜜塔聽說過這些大型儀式，上千人集體改變宗教信仰。政府試圖遏阻這種會削弱當權者威信的活動，甚至為此頒布了「反皈依」法令。想改變宗教的人必須先取得許可，否則將面臨法律制裁，這個作法實在諷刺，無異於向獄卒申請越獄許可。

但絲蜜塔不能用這種方式解決問題。她沒辦法割捨父母和祖先尊崇的神祇。和其他神明相較，她最相信毗濕奴的保護，打從出生起，她每天早晚都會對毗濕奴祈禱。她會對祂說出自己的夢想、懷疑和希望。放棄祂這個想法讓她大感痛苦，少了毗濕奴，她的內心會出現無法彌補的缺口，會讓她覺得自己比父母過世後還像孤兒。相反的，對於這個看著她長大的村莊，她沒什麼放不下。除了納戈拉陽晚上帶回來的瘦老鼠——多麼悲哀的獎品啊——她日復一日勤奮地打掃的這片骯髒土地什麼都沒給她。

離開，逃離這個地方是唯一的出路。

這天早上，她搖醒納戈拉陽。昨晚他睡得很沉，但她卻無法成眠。她羨慕丈夫沉穩的睡眠；晚上，他睡得像波瀾不興的湖面，而她卻翻來覆去。黑暗沒有解除她的痛苦，而是反射得更強烈，帶來可怕的回音。在黑暗當中，她覺得一切是那麼的戲劇化，充滿了決定性。她經常祈禱，希望這些讓她不得安寧的纏繞思緒能夠停下來。有時，她一整夜都睜著雙眼。睡眠之前並非人人平等，她想著。人本來就不是平等的。

納戈拉陽嘟嘟嚷嚷地醒過來。絲蜜塔把他從床上拉起來。她反覆思考過，他們得離開這個村莊。他們對這輩子已經沒有期待，生活對他們予取予求。但對拉麗達來說還不遲，她的生命才剛開始。拉麗達擁有別人想奪走的一切，但絲蜜塔不會讓那種事發生。

我的妻子在胡言亂語什麼，納戈拉陽心想，她昨晚又胡思亂想了。絲蜜塔卻堅持他們必須離開這個村莊。有人說，在大城市的學校和大學裡保留了入學名額給賤民，讓他們這樣的人能夠讀書。在城市裡，拉麗達是有機會的。納戈拉陽搖頭，城市是幻景，是沒有價值的夢想。到了城市，賤民不會有棲身之地，只能縮在人行道上，或是去住在散布於城市邊緣、好比腳上贅疣的貧民窟。他們在這裡至少還能有個屋頂，還有得吃。絲蜜塔發火了，他們吃老鼠，撿大便。到了城市，她可以找工作，他們能保有尊嚴。她已經準備好了，可以去面對挑戰。她勇敢，不怕困難，只要有人給她工作她就接，任何工作都可以，反正做什麼都比留在這裡好！她懇求他。就算為了她，為了一家人，為了拉麗達。

這下子，納戈拉陽完全清醒過來了。她瘋了嗎?!她覺得她可以就這麼控制自己的生命?!他要她想想前陣子傳遍村莊的可怕事件。他們鄰居的女兒——和他們同樣是賤民——決定離家到大城市去讀書。賈特人在她穿越田地時抓到她，把她抓到偏僻的地方，八個人輪姦她整整兩天。女孩回到父母家時，連路都走不好。鄰居一家人到村子的管理委員會去報案。不必說，委員會當然掌握在賈特人手上，裡頭的成員應該要有女人和賤民，但結果不是如此。委員會的每個決定都有法律效力，就算違背印度憲法也一樣。從來沒有人討論過這種平行正義是否合宜。委員會提議給點小錢打發那家人，但女孩拒絕接受這樣的遮羞費。她父親本來是支持她的，但後來屈服於群眾的壓力而自殺，拋下沒有經濟來源的家庭，也讓妻子成了地位低下的寡婦。這名寡婦和孩子被驅出村外，被迫放棄原來的住處，最後一貧如洗，住在路邊大水溝裡。

絲蜜塔知道這件事，沒必要再次提醒。她知道，在這裡，在她的國家，強暴案的受害者被視作罪人。女人不受到尊敬，尤其是賤民女子。這些穢不可觸的女人看不得，但男人們卻可以毫無羞恥地強暴她們。對欠債男人的懲罰，是強暴他們的妻子；對與已婚婦女私通男人的懲罰，是強暴他的姊妹。強暴是強而有力的武器，是毀滅性的武器。有些人甚至說強暴會傳染。最近，遠處另一個村莊委員會的決定便引發了大眾爭議：委員會判處兩個姊妹在公開場合遭脫衣強暴，因為她們的哥哥和一名種姓階級比他高的已婚女人私奔。而這兩姊妹的判決已經執行。

納戈拉陽試著和絲蜜塔講道理：逃跑絕對會引來恐怖的報復。他們也會抓走拉麗達。孩子的命沒比母親值錢，他們會先強暴她們母女再把人吊到樹上。上個月，隔壁村莊才剛出過相同的事，他們就是用這種手法對付那對姊妹。絲蜜塔聽過讓她毛骨聳然的數字：這個國家每年有兩百萬名婦女遭到謀殺。兩百萬名死於男人野蠻作為的受害者，漠不關心所造成的犧牲者。全世界的人都不在乎，都拋棄了她們。

面對這樣的暴力，這樣撲天蓋地的憎恨，她以為自己是誰？她覺得自己逃得掉？她以為自己比別人強？

這些可怕的論點沒能撼動絲蜜塔的固執。他們晚上就走。她會偷偷準備。他們先到一百公里外的聖城瓦拉納西，再從瓦拉納西搭火車穿越印度到清奈。她母親有表親住在清奈，他們會伸出援手。清奈在海邊，聽說有人在那裡幫助像她這樣掃廁所的人成立了一個漁民社區。此外，清奈也有賤民兒童的學校。拉麗達將來可以讀書寫字，他們會找到工作，不必再吃老鼠。

納戈拉陽難以置信地瞪著絲蜜塔：他們哪來的錢支付旅費?!他們所有家當加起來還不夠買火車票。為了送拉麗達上學，他們辛辛苦苦存下來的一筆小錢早就給了那個婆羅門，現在他們身無分文了。絲蜜塔壓低聲音，她好幾天沒睡好了，可是很奇怪，在這間昏暗的小屋裡，她覺得自己現在比任何時候都堅強。應該去把錢拿回來。她知道錢放在哪裡。有一次，她進他們家掃廁所時，看到那個婆羅門的妻子在廚房裡整理錢。她每天都會去，只要花一下子就可以……納戈拉陽發起脾氣，她到底著了哪個阿修羅[1]的魔?!她這個可怕的計畫會害他們全家送命的，不只她，是一整家人哪！他寧願一輩子抓老鼠甚至得狂犬病，也不要隨著她的瘋狂計畫起舞！如果絲蜜塔被逮到，他們全會死，而且絕對死得很難看。這個危險遊戲太不值得了。他們在清奈沒有前途，在其他地方也沒有希望。他們這輩子沒有希望可言，但是下輩子有。

如果他們好好表現，下次輪迴可能會過得好一點。

私底下，納戈拉陽希望自己能轉世成老鼠，不是他徒手在田裡抓來、晚上烤著吃的那種亂毛瘦老鼠。他小時候，他父親曾經帶他到在巴基斯坦邊界的德斯赫諾凱，他希望成為德斯赫諾凱聖廟中的老鼠。那座聖廟中有兩萬隻被當作神的褐鼠，當地人不僅保護、餵養那些老鼠，還會帶牛奶給牠們喝。聖廟的祭司負責照顧牠們，到處都有人來獻上祭品供奉這些褐鼠。納戈拉陽想起父親告訴他的故事，女神卡敏娜塔在兒子死後向神明祈求，求祂們把兒子還給她，但是他轉世成了老鼠。聖廟就是為了紀念女神過世的兒子才蓋的。納戈拉陽長期在田裡抓老鼠，最後竟對那些囓齒動物產生了敬意和莫

十 印度神話中的惡魔。

名的親切感，有點像執法人員對自己終身追捕的盜賊產生敬意一樣。最後，他告訴自己，這些小動物就像他，牠們只是肚子餓，求的是生存。是的，他將來會轉世成德斯赫諾凱聖廟的溫和褐鼠，一輩子喝牛奶。在一天的勞動之後，這個念頭可以幫助他入睡。這首搖籃曲很奇特，但是那有什麼關係，這偏偏就是他的搖籃曲。

絲蜜塔一點也不想等到下輩子，她要的是自己和拉麗達的今生和當下。她提起那個出身賤民但如今爬到顛峰的庫瑪麗．馬塔瓦帝，今天的她已經是全國最富有的女人了。一名穢不可觸的女子登上北方邦的首席部長！聽說她以直昇機為交通工具。她沒有卑躬屈膝，沒有等死亡將她從這輩子解放出來，而是選擇了奮鬥，為自己，為他們奮鬥。納戈拉陽火氣更大了，絲蜜塔明知一切都沒有改變，這個女人拿賤民的理想為藉口讓自己飛黃騰達，和他們再也沒有關係了。她拋棄了賤民，她在天上飛，而他們趴在地上用手撿大便，這才是真相！沒有人能夠將他們帶離這個地方、這段生命和這場命運，馬塔瓦帝不行，其他人也辦不到，只有死亡才是解脫。在等待死亡的這段期間，他們要留在這裡，留在這個他們出生長大的村莊裡。說完這幾句像是大刀砍下的話，納戈拉陽走出小屋。

算了，絲蜜塔告訴自己。你不想來，我就自己走。

茱莉亞

——義大利，西西里島，巴勒莫

「現在，活著的一切
有聲音有血。
現在，地和天
是強烈的震顫，
被希望折磨，
被早晨顛覆，
你的腳步和氣息，

被黎明淹沒。」[+]

現在，卡默和茱莉亞每天見面。他們習慣利用中午時間在圖書館碰面，兩人經常到海邊散步。茱莉亞對他很感興趣，卡默不像她認識的任何人——任何西西里男人，不僅外貌不同，他的行為舉止也不一樣，也許這就是她受吸引的原因。她家族的男人都很專制，而且愛講話，脾氣又大又固執。卡默正好相反。

她從來不確定是否能再看到他。每天中午走進閱覽室時，她會用眼睛搜索他的身影。他有時會在，其他時候則沒過來。有趣的不確定性只是讓茱莉亞的好奇心更旺盛。她晚上會被肚子裡的某種騷動吵醒，那是一種嶄新的、尖銳的感覺。她拿起帕韋斯的詩集讀了又讀，裡頭的文字才能撫慰她對他的思念。

事情發生在某天中午，當時他們正在散步。茱莉亞帶他到比平常遠一點的地方，一片觀光客不會接近的海灘。她想帶他看自己偶爾會去的地方。沒有人知道這個洞穴的位置，她說。至少，她喜歡這麼想。

這個時間的海灘上一個人都沒有。洞穴裡安靜、潮濕又陰暗，簡直與世隔絕。茱莉亞一句話也沒說便開始脫衣服。她的洋裝掉到腳邊。卡默一動也沒動，像是面對一朵他想摘採又怕捏壞的花朵。茱莉亞對他伸出手，這個姿勢不只是鼓勵，更有邀請的味道。他慢慢解開頭巾，拿掉固定頭髮的髮梳，

十 摘自前文提及茱莉亞最愛的義大利詩人契薩雷．帕韋斯（Cesare Pavese, 1908-1950）的詩集《Travailler fatigue》之〈La mort viendra et elle aura tes yeux.〉（Gallimard 出版社，一九七九）。

一捆毛線似的頭髮披散開來，長度及腰。茱莉亞不禁輕顫。她從來沒看過男人留這麼長的頭髮——在西西里島只有女人才蓄長髮。然而卡默一點也不女性化。那頭烏黑的長髮反而讓她覺得卡默格外剛健。他輕柔地親吻她，彷彿在親吻偶像的腳，幾乎連碰都不敢碰她。

茱莉亞從未有如此的感受。卡默做愛的方式像在祈禱，他閉著雙眼，彷彿生命與之相繫。他的雙手因為晚上的工作而起了繭，但他身上的皮膚細緻，宛如輕撫在她身上的刷子，讓她顫抖。

做愛後，兩人久久交纏在一起。工坊的女工經常取笑那些事後立刻睡著的男人，但卡默不同。他緊緊抱著茱莉亞，把她當成寶藏一樣，不願和她分開。她可以在他身邊躺好幾個小時，緊貼他火熱的身軀，讓她白皙的皮膚緊靠著他黝黑光滑的皮膚。

之後，他們便開始在海邊這個洞窟裡會面。卡默晚上在合作社工作，茱莉亞白天得到工坊，所以只能在午餐時間見面。他們在中午做愛，偷來的時光讓兩人的擁抱別有滋味。整個西西里島的人都在工作，辦公室、銀行，和市場都不得閒，只有他們兩個例外。這個時光屬於他們，他們一秒鐘也不浪費地細數身上的痣和傷疤，品嘗彼此的肌膚。白天做愛和晚上不同，在明亮的光線下探索軀體不但感覺更大膽，也有種特殊的粗野。

茱莉亞覺得這種相見的方式，有點像她小時候在夏季舞會上看到的塔朗泰拉舞者：相會、彼此碰觸、分開，這個舞步和他們的關係一樣，以白天和晚上的工作為節奏。這個時差儘管讓人沮喪，卻也同樣的浪漫。

卡默是個神祕的男人。茱莉亞對他一無所知，或者該說是所知甚少。他從來不提過去的生活，或他為了來西西里而放棄的所有。面對大海時，他偶爾會顯得目光茫然。這種時候，他那件哀傷織成的大衣就會籠罩住他。對茱莉亞而言，水就是生命，是不斷翻新的快樂泉源，是感官享受的一種形式。她喜歡游泳，喜歡海水從身邊滑過的感覺。

一天，她想帶他去游泳，但他拒絕了。**大海是墓園**，他這麼告訴她。茱莉亞不敢追問原因。她不知道他經歷過什麼，不曉得海水奪走了他哪些事物。也許他有天會告訴她。也許不會。

他們在一起時，不聊未來也不談過去。茱莉亞對他沒有期待——偷來的午後時光除外。「當下」才是重點，這一刻，他們的身軀交纏成一體，就像兩片拼圖的完美結合。

卡默不說自己的事，但倒是常提起他的國家。茱莉亞可以一連聽好幾個小時。他好似一本打開的書，上頭寫了一個有趣的陌生國家。她閉上眼睛，覺得自己彷彿搭上了船，而她是唯一的乘客。卡默為她敘述喀什米爾的山，傑赫勒姆的河岸，達爾湖和漂浮在湖面的旅館；告訴她秋天的樹葉會變紅，園子裡繁花錦簇，喜馬拉雅山腳下整片鬱金香一望無際。茱莉亞追著問，她想知道更多。繼續說，她說，繼續說下去。卡默說起他的宗教和信仰，說錫克教的行為準則禁止他們剪頭髮和鬍子，同樣的，他們也不能喝酒、抽菸、吃肉或沉迷於賭博。他說，他的神提倡誠正純潔的生活，祂是獨一無二的創造者，既不來自天主教、不是印度教，也不是其他任何宗教。祂是「一」，就是如此。錫克人認為，到最後，所有宗教都會引領人走向同一個神，因此都值得尊敬。茱莉亞喜歡這個沒有原罪，沒有天堂與地獄的信仰——卡默認為天堂與地獄只存在於這個世界，而茱莉亞也覺得他說得對。

他解釋，錫克教認為女人擁有和男人一樣的靈魂，因此平等對待兩性。

女人可以在寺廟裡敬頌詩篇，主持所有儀式，例如受洗。女人應該為她們在家庭和社會扮演的角色而受到尊崇。錫克教徒應當視他人的妻子如自己的姊妹或母親，視他人的女兒為自己的女兒。性別平等的觀念，可以從錫克教徒的名字上看出來，無論男女都能用同一個名字。只有在名字後面的第二個名字看得出性別，男人加上「辛」，這個字代表「獅子」，而女人加上代表「公主」的「考爾」。

公主。

茱莉亞喜歡卡默這樣稱呼她。她越來越不想和他分別，不想回去工作。如果能在他身邊待上一整天該有多好，她心想。幾天、幾夜。她覺得自己可以在這裡待一輩子，和他做愛，聽他說話。

然而她知道自己沒有留在這裡的權利。卡默的膚色和她不同，和朗佛瑞迪一家的信仰不同。她可以想像母親說：他是個深色皮膚的男人，而且還不是天主教徒！她的面子都丟光了，所有鄰居都會聽說這件事。

因此，茱莉亞只能偷偷愛著卡默。

他們的愛情躲躲藏藏，見不得光。

她午休後回工坊上班的時間越來越晚。婆婆似乎察覺到了什麼。她注意到茱莉亞臉上的笑容和雙眼明亮的光采。每一天，茱莉亞都假裝自己從圖書館回來，但她總是氣喘吁吁，雙頰泛紅。一天下午，婆婆甚至相信自己在茱莉亞包著頭巾的頭髮上看到沙子……女工們開始碎嘴子地問她是不是在談戀愛？對象是什麼人？是街坊的男孩嗎？年紀比她小還是比她大？茱莉亞堅決否認，但她的堅持幾乎等於承認。

可憐的吉諾，愛達說，他要心碎了！在這裡，大家都知道附近理髮店老闆吉諾·巴塔格里歐拉為茱莉亞癡狂，已經追求她好幾年了。他每個星期都會帶著他剪下的頭髮來賣給工坊，有時甚至連藉口都沒有就直接過來打招呼。工坊所有人都拿這件事打趣。她們笑他白白送禮物過來。茱莉亞一直不為所動，但是吉諾仍然抱著希望，毫不鬆懈地繼續來工坊報到，而他捧來的無花果蛋糕全都進了女工們的肚子裡。

每天晚上，茱莉亞會在下班後到爸爸床邊讀書給他聽。有時，她會討厭自己在這種悲劇時刻仍然充滿活力。當父親正在生死關頭搏鬥時，她的身體卻因為享受到前所未有的愉悅而雀躍輕顫。然而，她需要緊緊攀附這份快樂，才能讓自己繼續下去，才不會屈服在痛苦和壓力之下。卡默的皮膚是乳霜，是油膏，是治癒世界的哀傷所需要的獨特解藥。她只想成為一具尋歡作樂的身軀，因為這種歡樂能讓她穩穩站著，讓她活下去。她覺得，有兩種極端的感覺撕扯著她，互有勝負，互相拉鋸。就像踩著鋼絲的特技演員一樣，她覺得自己隨風搖擺。她告訴自己，生命就是這樣，有時會將最晦暗和最明亮的時刻拉在一起。在同一個時刻，她有收穫也有付出。

今天，老媽交給她一個任務，要她到父親在工坊的辦公室去找一份文件。醫院需要一份她一直找不到的文件，**老天啊，這些事怎麼這麼複雜**，母親哀嘆道。儘管茱莉亞不想走進辦公室，但她不忍心拒絕母親。自從意外發生之後，她再也沒踏進那個地方。她不想讓人碰父親的東西。她堅持要讓父親脫離昏迷後，能在原來的位置找到他的東西。如此一來，他才知道大家都在等他。

父親的辦公室是原來的放映間。她推開門，站了一下才走進去。牆上掛著一幀皮耶托的照片，父親的照片旁邊是她的祖父和曾祖父，朗佛瑞迪家族三代都是工坊的負責人。稍遠處隨意釘著另外幾張照片，有襁褓時期的法蘭契絲卡、坐在偉士牌摩托車上的茱莉亞、領聖體的阿黛拉，還有穿著婚紗、笑容有點僵硬的老媽。牆上另外還釘著教宗的照片，不是方濟各，而是最受愛戴的若望保祿二世。

辦公室的一切和父親離開的那天一樣。

茱莉亞看著他的扶手椅、檔案夾，看著用來丟菸蒂的陶土菸灰缸——這個菸灰缸是她小時候做來送給老爸的禮物。這個小宇宙少了他顯得空虛，但同時也能看到他留下的種種。他桌上的行事曆翻開到那個可怕的日子，七月十四日。

茱莉亞沒辦法翻頁。父親好像突然出現在這本黑色硬皮的行事曆上，他彷彿還停留在上頭字跡的墨水上，在頁尾的墨漬上，就這麼固定在紙上。茱莉亞覺得他就在辦公室裡，在空氣的分子中，在家具的結構裡。

有那麼一會兒，她想回頭走出去，把門關起來。但是她沒移動腳步。她答應過老媽要把文件帶回去。她慢慢地拉開第一個抽屜，接著是第二個。第三個抽屜上了鎖。茱莉亞很訝異。她有種不好的預感。老爸是沒有祕密的，朗佛瑞迪家的人沒什麼需要隱藏的……那麼，抽屜為什麼鎖起來？

疑問在她的腦海裡盤旋。她的想像力猶如萬馬奔騰。難道父親有情婦？有另一個祕密人生？莫非章魚的觸腳伸向了他？……朗佛瑞迪家人不會做這種事……那懷疑怎麼會和籠罩地平線的黑雲一樣，來到茱莉亞的心裡？

她找了一下，在老媽送給父親的雪茄盒裡發現了鑰匙。茱莉亞不禁發著抖，她有權力做到這一步嗎？她還來得及放棄……

她用顫抖的手轉動鑰匙。抽屜終於打開了：裡頭放著一疊文件。茱利亞伸手拿了起來。

她腳下的大地隨之崩塌。

莎拉

——加拿大，蒙特婁

一開始，莎拉的計畫運作得很成功。

為了開刀，她請了兩星期假。其實她需要三星期——醫師堅持要她住院一星期加上整整兩星期療養，但是她自動減為一星期。她不能繼續請假，否則會引來事務所同事的懷疑。她兩年沒休假，而且現在也不是孩子放假的時候，有誰會在聽審庭多如雪片而來的十一月連請三星期假？

她沒有告訴任何人，在事務所裡沒說，在家也不提。她對孩子說，她必須接受「治療」，她又補上一句，而且「一點也不嚴重」，這為的是不讓孩子擔心。她把一切安排妥當，讓雙胞胎在她開刀那星期去住到他們的父親家，漢娜則去她自己的父親家。漢娜一度抗議，但終究還是順從。莎拉藉口小孩不能進醫院，特別要求孩子們不能到醫院探病，這是個無害的小謊言，她想，但也是為了減輕她心底的痛。她要保護三個孩子，不讓他們進到這個充滿刺鼻氣味的白色地獄，最讓她胃部感覺像要打結的，是醫院裡混雜著消毒藥水和漂白水的味道。她不要讓孩子看到她脆弱的模樣。

尤其是漢娜，女兒很敏感，連風輕輕一吹，她都會像葉子一樣打顫。莎拉很早就發現女兒特別有同理心。世界的痛苦會讓她產生共鳴，而且她會當真，最後變成自己也難過。這像是天賦，像第六感。小時候，她看到別人受傷或挨罵就會哭，看到電視新聞，甚至看卡通也會哭。莎拉有時很替她擔心，這孩子這麼敏感，當她面對大喜大悲時該怎麼辦？她好想告訴女兒，好好保護自己，做好防備，世界很冷漠，生命很殘酷，別讓自己受到傷害，妳要像別人一樣自私、無感、無情。

要像我一樣。

然而她知道女兒有一副柔軟心腸，自己必須接受這個事實。所以，不，她更不能告訴她。漢娜十二歲了，可以清楚了解癌症的意思。最重要的，她會猜到這場戰爭不見得會贏。莎拉不願意讓她背負這樣的重擔和焦慮，因為疾病會相隨而來。

當然了，她不可能永遠說謊。到最後，孩子一定會問。到那時候，她會和他們談開，為他們解釋。但是越晚越好，莎拉心想。後退也許是為了跳得更遠。這是她處理事情的方法。

她也沒有告訴她的父親和兄長。二十年前，她母親也因為同樣的病過世。她不想讓他們再次經歷與病魔搏鬥的過程和高低起伏的情緒：希望、失望、緩解、復發，她太清楚這些用詞的意義了。她要獨自一人安靜奮鬥。她認為自己夠堅強，一定辦得到。

事務所沒人發現異狀。伊涅絲以為她只是太累——妳臉色不好，莎拉休假回辦公事後，她這麼對莎拉說。幸好這時是冬天，身上緊緊包著襯衫、毛衣和大衣。莎拉小心地避開低胸上衣，妝化得比平常濃，這個作法瞞過了大家。她為了寫行事曆設計出一系列密碼：例如到醫院複診的縮寫是RDV H[11]，而通常排在中午到兩點的檢查、抽血和照片子也有個縮寫déjeuner R[12]，以此類推。她的同事最後一定會以為她有情人了。老實說，莎拉還挺喜歡這個想法的。她偶爾會想像自己在午餐時間去和男人幽會……某個獨來獨往的男人，在海邊的城市……那會有多麼甜蜜啊……美夢到此為止，無可避免地，她要回醫院治療、檢查。事務所裡，新進律師之間的討論發展極快：**她今天又出去了……昨天下午一大半時間不在……是啊，她手機關機……**這麼說，莎拉．柯恩除了事務所還有私生活？……和她在中午、早上，偶爾還在下午碰面的人是誰？……是同事？是合夥人？伊涅絲的想法傾向於已婚男人，也有人猜測對方是女性。否則何必這麼謹慎？莎拉不為謠言所動，繼續在事務所和醫院之間來來去去。她的計畫似乎運作得不錯。

十 RDV 為法文 Rendez-vous 之縮寫，代表會面。

十一 déjeuner 是指午餐。

至少現在看起來像是不錯。

敗筆在細節，就像犯罪小說裡寫的，凶手經常敗在細節。伊涅絲的母親病了。莎拉早該知道的。仔細想過之後，原來她很早以前就已經知道，那是去年的事了。莎拉嘴上說著遺憾，但沒真的放在心上，這件事就這麼埋進她有太多事情要想的腦袋裡。誰能怪她，她事情那麼多。如果她有空，曾經在咖啡機前停下腳步，在走廊上散步，或是坐下來用午餐——她從來沒做過這些事——她很有可能會想得起來。但事情就是這樣，她和同事的交流只限基本話題和公事要務。這不是出自於蔑視或敵意，而是沒時間、沒空。莎拉從來不談自己的私事，也不打探別人的八卦。每個人都有自己的祕密花園。若換作另一個環境、另一種生活，她也可能和同事建立關係，說不定還能成為朋友。但這裡不行，除了工作，沒有其他空間。莎拉和同事相處總是彬彬有禮，至於親近，那是不可能的事。

伊涅絲很像她，也是不輕易交心，不太提自己的私生活。莎拉很欣賞這個優點。她彷彿在伊涅絲身上看到了年輕時的自己。當初是莎拉自己在資淺律師的面試時挑中她。伊涅絲做事確實，效率很好又勤奮。同一組資淺律師中就她最傑出。她的前途一片光明，有一天，莎拉對她說，只要她**找對方法就會成功**。

所以了，她怎麼可能知道伊涅絲會在這天帶她母親到醫院做檢查？

莎拉在行事曆上寫了RDV H，這個H不是男人[三]，不是會計部的亨利

三 法文的「男人」寫作Homme。

（Henri），甚至不是事務所另一個小組那個年輕英俊又長得像美國明星的賀伯特（Herbert）。不是的，H就只是莎拉的腫瘤科醫師：哈達醫師（Haddad），而且一點好萊塢巨星的風采都沒有。

上星期，莎拉准了伊涅絲在這天請假。她心裡記得這件事，但隨後就忘了——這陣子她很健忘，原因一定是她越來越累。

再過不久，他們就要在大學附屬醫院的腫瘤科候診室裡相遇了，兩人的臉上會露出同樣驚訝的表情。莎拉會不說話，而伊涅絲會裝作沒事，將母親介紹給莎拉認識。

這位是莎拉·柯恩，我的頂頭上司，事務所的合夥人。

很高興認識妳，女士。

莎拉會禮貌應對，不會洩漏自己困擾的心情。伊涅絲不必花多久時間，就會猜出為什麼老闆會在工作日下午的這個時間，胳臂下夾著片子出現在腫瘤科的走廊上。再過一會兒，一切都會水落石出，根本沒有什麼偷情、已婚男人、午餐約會、密會或傍晚的偷情。莎拉露出了面具底下的真面目。

莎拉想挽回面子但徒勞無功，她假裝自己走錯了科別，假裝自己來探望朋友……她知道伊涅絲沒有上當，而且很快就會拼湊出全局：上個月莎拉缺席兩星期，這讓大家全嚇了一跳，最近她經常外出開會，她臉色蒼白，整個人變瘦，加上她之前在法庭上昏倒……這麼多線索足以當作呈堂證供。

莎拉真想消失，想就地解體，想學雙胞胎鍾愛的、擁有超能力的超級英雄一樣飛開。太遲了。

她突然覺得自己好傻，怎麼會在助理律師面前發抖，好像做了什麼錯事當場被逮。她得了癌症，這不是罪。再說她也不必對伊涅絲多做解釋，她什麼也不欠她，誰都不欠。

莎拉急著打破尷尬的靜默，於是向伊涅絲和她母親打招呼，然後努力踩著自信的步伐離開。等計程車時，有個問題拚命折磨她：伊涅絲知道她罹癌後會怎麼做？她會說出去嗎？莎拉有點想回頭到走廊上找伊涅絲，求她什麼都別說。但她阻止了自己。這麼做等於承認自己的脆弱，給伊涅絲踩低她的權力。

她決定換個策略。明天一進辦公室，她要把伊涅絲找來，讓她為最熱門的畢爾古瓦案——這是事務所重要客戶的熱門大案——擔任副手。這當然是升遷，是這個年輕律師無法拒絕的提議。她會受寵若驚，覺得欠了莎拉人情。更棒的是，伊涅絲不得不依賴她。這是收買伊涅絲，讓她保持緘默的巧妙方式，莎拉想，這下，伊涅絲一定會對她忠心不二。伊涅絲有野心，會知道把事情說出去對自己沒好處，而且會引來頂頭上司的怒火。

莎拉離開醫院，對自己近乎完美的新計畫信心滿滿。

儘管已經在這行打滾多年，但她還是忘了一件事：和一群鯊魚一起游泳時，最好不要流血。

我的作品有進展，但速度緩慢
宛如靜靜成長的森林。
我的工作要求很高，
是不得打斷的工作。

然而，我不覺得孤單，
即使關在我的工坊裡。

有時，我讓手指跳起獨特的舞蹈，
想著我未曾體驗的那些生活、

那些未曾成行的旅程、
那些未曾見過的臉孔。

我只是鍊子上的一個圈環，
微不足道，但沒關係，
我覺得我的生命就在這裡，
在我面前三股緊繃的線上，
在舞動於我指尖的頭髮上。

絲蜜塔

——印度，北方邦，巴德拉普

納戈拉陽睡了。絲蜜塔屏息躺在丈夫身邊。他剛睡著的第一個小時總是睡得不太安穩，她知道，如果不想吵醒他，她就必須等待。

今晚，她要離開。她決定了。或者說，生命為她做出了這個決定。她本來不想這麼早執行計畫，但是，就像是天上掉下來的禮物一樣，時機在這時候出現：那天早上，婆羅門的妻子因為牙痛，必須到村裡去看醫師。看到她出門時，絲蜜塔正在清理他們當作廁所那個臭氣沖天的洞。絲蜜塔只有幾秒鐘作決定：這種好機會不可能天天有。她小心翼翼溜進廚房旁邊的儲藏室，搬起了米缸，米缸下就是這對夫婦藏錢的地方。這不是偷竊，她告訴自己，只是拿回他們欠我的錢，這很公道。她只拿走當初交給婆羅門的錢，一個盧比都沒多拿。光是想要拿走別人的錢——就算對方多富有也一樣——就違反了她所有的原則，毗濕奴會生氣的。絲蜜塔不是小偷，她寧願餓死也不會去偷一顆蛋。

她把錢藏進紗麗裡，趕忙回家去，飛快地收拾東西，只拿最基本所需就好，不能帶太多，因為拉麗達和她都很瘦弱，沒辦法帶太多。她趁納戈拉陽去田裡抓老鼠時，整理了幾件衣服和旅途上吃的米和薄餅[1]。絲蜜塔知道他不會任她們離開。他們沒有再談她的計畫，但是她明白丈夫的立場。她別無選擇，只能等到晚上才能執行計畫，在離開之前，還得祈禱婆羅門的妻子沒發現異狀。一旦她發現家裡丟了錢，絲蜜塔的小命難保。

她跪在供奉毗濕奴的小神龕前，懇求祂的保護。她祈求神明在旅程中關照她們母女，在這段長達兩千公里的旅程中，她們必須藉由步行、搭巴士、火車，最後才能到達清奈。這段路不但會讓她們筋疲力盡還充滿危機，而且結果也不確定。絲蜜塔感覺到體內湧起一陣暖意，彷彿她並非獨自一人奮鬥，彷彿有上百萬名穢不可觸的賤民都跪在小神龕前，和她一起祈禱。她向毗濕奴承諾：如果她們成功逃走，如果婆羅門的妻子什麼都沒發現，如果賈特人沒抓住她們母女，如果她們真能到達瓦拉納西，能搭上火車，而且最後能活著到達南邊的城市，那麼她會到蒂魯帕蒂的寺廟去還願。絲蜜塔聽人說過這個神祕的地方：山城蒂魯馬拉，離清奈還不到兩百公里，是世上最重要

† papadum，以麵粉、豆子和馬鈴薯為基底做成的印度薄餅。

的朝聖地，每年大概有數百萬人去供奉山神范卡德瓦拉——這也是毗濕奴的一個尊貴的化身。她的神，她的保護神絕對不會拋棄她們的，她知道的。她拿起她剛才對著祈禱的舊神像——彩色神像有四隻手——塞進紗麗裡。這一路有神像陪伴，她不會碰到危險。突然間，彷彿有件隱形的大衣披上她的肩頭裹住她，幫她趨吉避凶。披著這件大衣的絲蜜塔將會無往不利。

夜色籠罩著村莊。納戈拉陽的呼吸聲已經平穩下來，鼻孔輕輕呼著氣。這稱不上打呼，比較像是低沉的震顫，像隻小老虎靠在母親懷裡的呼吸聲。絲蜜塔有些心酸。她愛過這個男人，習慣了他在身邊，那會讓她覺得心安。但是她怨恨他缺乏勇氣，討厭他把酸溜溜的宿命論當作生活的藉口。如果他能一起走就好了。在他拒絕爭取的那一刻，她便不再愛他。愛情像鳥，她心想，像來時一樣，有時拍個翅膀就飛走了。

她掀開被子，突然覺得暈眩。她是不是瘋了才決定離開？如果她不是這麼反骨，不是這麼不懂得順從，如果她肚子裡沒有蝴蝶拍動翅膀，她也可以和納戈拉陽以及他們的賤民同胞一樣屈服，接受自己的命運。像等待死亡一樣，睡覺只為了迎接隔天的黎明，沒有夢想，麻木地活著。

但是她已經沒有後路。她拿走了婆羅門家裡米缸下的錢，時間不可能倒流。她必須不顧一切地走上這段會將她帶到遠方——或者也許哪裡都到不了——的旅程。她不怕死也不怕受苦，對她來說，她什麼也不怕，或是說，能讓她害怕的事情不多。但是對拉麗達而言，任何事都可怕。

我女兒很強悍，為了自我安慰，她這麼告訴自己。絲蜜塔從女兒一出生就知道了。村裡的助產士在孩子出生後幫她進行簡單檢查時，她竟然咬了助產士一口。他覺得有趣，孩子無牙的嘴巴只在他手上留下一個小小的印子。

不過他說，這孩子將來會很有個性。這個六歲的賤民小女孩不比一張凳子高，但是這孩子竟敢對婆羅門說：「不要。」在全班同學面前，她直視老師，拒絕他無理的要求。不一定要出生高貴才會勇敢。這個想法給了絲蜜塔力量。不，她不會將拉麗達拋棄在爛泥裡，不會把孩子交給可惡的「法」。

她走到熟睡的女兒身邊。孩子的睡眠是奇蹟，她心想。拉麗達睡得那麼安詳，想到要叫醒女兒，她就覺得罪過。孩子的面容放鬆，看起來好可愛。拉麗達睡覺時看起來更小，幾乎像個嬰兒。絲蜜塔真不想為了逃跑在半夜叫醒女兒。孩子不曉得母親有什麼計畫，不知道今晚會是她最後一次看見父親。絲蜜塔羨慕她的純真無邪。她許久沒有藉睡眠逃避了，她太久沒有好好睡覺。她的睡眠只帶她墜入無盡的深淵，她的夢境比她清理的糞便更黑。到了城市裡，她的睡眠也許會不同吧？

拉麗達抱著她唯一的小娃娃，蜷著身子睡覺。這個娃娃是她五歲的禮物：一個包著紅色頭巾的「俠盜女王」，原形是普蘭．戴維。絲蜜塔對女兒講過她的故事。這個種姓階級低下的女人十二歲就結婚，她最有名的事蹟是對命運的抗爭。她領著一群盜匪幫助受壓迫的人，攻擊那些在自己土地上強暴種姓低下女人的富裕地主，而且還劫富濟貧，於是成了人民的英雄，有些人甚至視她為戰爭女神杜爾加的化身。普蘭．戴維被控四十八條罪行，被捕後入獄服刑，出獄後選上人民議會的議員，最後不幸在光天化日下，在路上遭三個蒙面男人暗殺。拉麗達很喜歡這個娃娃，和這裡所有女孩一樣。這個娃娃在市場裡到處都看得到。

拉麗達。

醒醒。

來！

孩子從自己的夢中醒過來，睡眼惺忪地看了母親一眼。

不要出聲。

穿上衣服。

快一點。

絲蜜塔幫女兒穿衣準備。小女孩乖乖讓母親打理，但焦急地看著母親：

大半夜的，母親是怎麼回事？

絲蜜塔低聲說，要給妳一個驚喜。

她沒勇氣對女兒說她們要離開，而且再也不回來。這是一張離開的單程票，目的地是美好的生活。她們再也不會過像在巴德拉普這樣地獄般的生活了，絲蜜塔向自己保證。但拉麗達什麼都不懂，她一定會哭，可能會反抗。絲蜜塔不能冒險毀了自己的計畫。於是她說謊。這只是個小小的謊言，她自我安慰，只是美化現實。

離開前，她看了納戈拉陽一眼；她的老虎睡得安穩。她在他身邊——也就是她原來躺的地方——放了一張紙條。這不是信，因為她不會寫字。她只是描下她表親在清奈的地址。她們的離開，可能會讓納戈拉陽鼓起今天沒有的勇氣。說不定他會找到力量，去和她們會合。誰知道呢。

絲蜜塔看了小屋最後一眼，她一點也不後悔拋下這段生命——就算有也不多，絲蜜塔牽起女兒冰涼的手，走向一片黑暗的田地。

茱莉亞

——義大利，西西里島，巴勒莫

茱莉亞什麼都想過，就是沒料到這件事。

抽屜裡的東西全攤在她面前，就放在老爸的辦公桌上，裡頭有法院傳票、支付裁決，還有數不清的掛號信。真相彷彿賞了她一巴掌。看到這些，她只想到兩個字：破產。債務壓垮了工坊，朗佛瑞迪工坊破產了。

父親從來沒提過。他沒有告訴任何人。但現在仔細想想，有次，而且就那麼一次，大家在聊天時，他說，用真人頭髮製作假髮的傳統逐漸式微，忙於現代生活各種事務的西西里人再也不留著剪下來的頭髮了。這是事實，如今我們什麼也不留，東西壞了就直接丟掉，再買個新的。茱莉亞記得家族圍著大桌子聚餐時，父親講過這些話。他還說，再過不久，原料就不夠了。六〇年代時，朗佛瑞迪工坊在巴勒莫還有十五個競爭對手，但後來這些工坊都收掉了。當時，他還以堅持最久的工坊為傲。茱莉亞知道工坊遇到一些狀況，但她沒想到竟然離破產的局面這麼近。她從來就沒想過這個可能性。

然而，她必須面對這個她不願相信的事實。根據數字來判斷，工坊最多只剩下一個月時間。如果沒有頭髮原料，女工們會變成無所事事的冗員。而工坊沒有能力付她們薪水。這麼一來，工坊只能宣布破產，最後關閉。

這個想法徹底擊潰茱莉亞。幾十年來，她的家族完全仰賴工坊的收入維生。她想著，母親年紀太大沒辦法工作，阿黛拉還是中學生。她的大姊法蘭契絲卡是家庭主婦，嫁給一個揮霍無度還把薪水拿去賭博的男人——到了月底，老爸不時得幫他們補上缺口。他們將來要怎麼辦？家裡的房子還有貸款，他們所有的財產都會被扣押。至於工坊那些女工，她們不可能再找到工作。這個行業非常專精，除了這裡，西西里沒有其他工坊可以招收她們。她們要怎麼辦？這些女人和她情同姊妹，和她分享了生活中的一切。

她又想到醫院裡尚在昏迷的老爸。她突然愣住了。茱莉亞心裡浮現一個可怕的想法：父親那天早上騎著摩托車去跑行程，他心神不寧又絕望，車子騎得越來越快，到了驚險的下坡路段……她揮走這個不祥的念頭。不會的，他不會那麼做，不會拋下自己的妻女和員工，放任工坊破產……皮耶托．朗佛瑞迪是個極有榮譽感的人，不是那種遇到困難就躲的人。然而，茱莉亞知道他的驕傲、成功和人生的要素，都在於巴勒莫這間由他祖父創立的三代相傳小工坊。他能夠看著員工被資遣，公司倒閉，一生的努力化成過眼雲煙？……這很殘酷，但在此刻，懷疑滲入她的心，就像傷肢的壞疽一樣。

這艘船正在下沉，茱莉亞告訴自己。大家都在船上，包括她自己，老媽，她的姊妹，和她們的員工。這無異是**歌詩達協和號**[十]的翻版，船長走了，船必定會沉。他們沒有救生艇，沒有泳圈，沒有任何可以攀附的求生工具。

同事在工坊主廠房裡聊天的聲音將她拉回現實。大家和每天早晨一樣，邊放東西，邊天南地北地聊。這一刻，茱莉亞羨慕她們的輕鬆——她們還不曉得等在後面的是什麼情況。她關上抽屜——像人蓋上棺蓋的樣子——慢慢地轉動鑰匙。今天，她沒心情和她們閒聊，更不想說謊。她沒辦法坐到大家身邊一起工作，當成什麼事都沒發生。於是她躲到爸爸在屋頂上的實驗室。她和父親一樣，面對著大海坐著。他經常說，大海是他永遠看不厭的風景。然而這裡現在只有茱莉亞一個人，大海嘲笑著她的哀傷。

中午，她和卡默在洞窟會面，這已經成了習慣。她沒說出自己碰到了什麼麻煩。她只想藉他的肌膚淹沒她的哀傷。在他們做愛時，她覺得世界似乎沒那麼殘酷了。卡默沒說什麼，因為他看到茱莉亞哭了。他只是親吻她，一個帶著鹹味的親吻。

那天晚上，茱莉亞回到家裡。她藉口偏頭痛，直接上樓關在自己的房間，躲進被子裡。

上 於二〇一二年一月十三日在義大利海岸發生船難，船長不顧船上四千多名旅客率先棄船。

這天晚上，她的夢裡充滿了奇怪的影像：父親的工坊坍塌，家裡的房子清空出售，母親發狂，女工們流落街頭，髮辮散開來，全都丟到海上，整片翻騰的海面都是頭髮……茱莉亞翻來覆去，她不願去想，但那些影像不斷重現，像個揮之不去的夢魘，像張來自地獄的唱片播放著死亡之曲。最後，凌晨終於為她帶來解脫。起床時，她覺得自己根本沒睡著，除了反胃還頭痛。她的雙腳冰冷，開始耳鳴。

她搖搖晃晃地走進浴室。她希望沖個熱水或冷水也好，看能不能讓她從噩夢中醒過來，讓疲憊的身軀清醒。她走到浴缸邊，停下了腳步。

浴缸底有一隻蜘蛛。

這隻小蜘蛛身子只有一丁點大，八隻腳細長，宛如蕾絲的針腳。牠應該是從水管爬上來，滑進了琺瑯浴缸的底部，這個巨大的白色空間讓牠逃不出去。小蜘蛛起初一定掙扎過，試著爬上滑溜溜的浴缸壁，但細絲般的腳沒有施力點，於是又滑回缸底。最後牠明白這樣的掙扎沒有用，於是決定一動也不動地等待牠的命運，或等待另一個出路。哪個出路呢？

茱莉亞哭了出來。光是看到白色浴缸裡的黑蜘蛛不會讓她哭成這樣——她確實很怕這類昆蟲，除了嫌惡，這些小東西還會讓她驚慌失措。她哭，是因為她覺得自己就像困在陷阱裡無法逃脫的蜘蛛，沒有人會前來拯救她。

她很想回床上埋進被窩裡，再也不出來。如果能消失多好，這個念頭太吸引人了。她不知道該如何面對哀傷，這波巨浪會將她淹沒。她小時候，一家人曾經到西西里島西北邊的聖維托洛卡波去游泳，那次她差點淹死。那天，一向風平浪靜的大海突然翻起白浪。突然間，一波強浪打過來將她捲進泡沫中，在那麼幾秒鐘之間，她覺得自己似乎與世隔絕。她還記得自己的嘴裡都是沙子、碎石和小圓石。在那一瞬間，她分不出天地，分不出上下，現實世界的輪廓完全被抹滅。海流的力量將她往下扯，像是有人拉著她的腳。隨著下沉和意外，她開始意識不清，只知道在這短短的幾秒鐘間，現實比想法跑得更快，她覺得自己不可能再浮上水面。覺得一切就要結束。她差點就放棄。然而父親的手緊緊抓住她，將她往水面上拉。她驚訝地清醒過來，發現自己還活著。

但這次的大浪不會讓她浮上來。

命運之手緊緊抓著朗佛瑞迪一家人，茱莉亞心想，就像地震一次又一次地發生在義大利的中心，總是在同一個地方。

父親發生意外已讓她們大受打擊。
工坊若倒閉，無異是雪上加霜。

莎拉

——加拿大，蒙特婁

莎拉感覺得到，事務所裡的氣氛變了。雖然無法確定，非常細微，而且難以察覺，但變化就是存在。

先是目光，打招呼時聲音的變化，對於她的近況過度熱心，或正好相反地什麼都不問。接著是有些侷促的語氣，還有審視她的方式。有些人露出假笑，有些則逃避，沒有一個人表現正常。

起初，莎拉自問：那些人有什麼毛病？是不是她的衣著打扮哪裡不妥，有什麼她疏漏的細節？然而她一如往常，打扮得整整齊齊。她記得小時候某天，有個學校老師提著垃圾袋來上課，儀態自如地把袋子放在講桌上後，才發現自己出門時把包包給丟進垃圾桶裡。老師就這麼一路來到學校，什麼也沒發現。當然了，同學全都笑彎了腰。

但莎拉今天的裝扮堪稱完美——她用洗手間的鏡子仔細檢查過。除了神色疲憊和她刻意掩蓋的消瘦身形以外，實在看不出病容。那麼她和其他人的關係為什麼會變得比從前保守又陌生？這幾天以來，不知不覺間，大家和她似乎都保持著特殊的距離，而且問題不在她身上。

光是從她祕書口中的一句話，莎拉就明白了。

我很遺憾，祕書難過地看著她，低聲告訴她。一瞬間——真的就那麼一瞬間——莎拉自問：祕書究竟在說什麼；難道出了什麼她不知道的大災難，還是恐怖攻擊？或是什麼地方遭到意料之外的暴風雨肆虐，出了什麼意外還是有人過世？沒多久，她便意識到祕書指的是她。是的，是她沒錯，她是受害者，是傷者，是大家哀悼的對象。

莎拉驚訝得合不攏嘴。

如果她祕書知道，那表示所有的人都知道了。

伊涅絲說出去了。她一夕間就破壞了兩人間的協議，事先沒有告知。她洩漏了莎拉的祕密，而這個消息在事務所裡大肆流傳，像落在火藥上的火星一樣；沿著走廊侵入了辦公室，散布在會議室、自助餐廳，一直到這棟樓的最高層，上至事務所的最高層強森的耳裡。

還有你嗎，我的兒子。⊥

伊涅絲把她們的祕密告訴最可能散布消息的人：蓋瑞．柯斯特：最嫉妒莎拉、最有野心又最仇女的合夥人，這個人從莎拉一進事務所就對她懷著強烈的恨意。伊涅絲以**我是為了事務所著想**的說法來自我防衛，這個叛徒虛情假意地補上一句：**我很遺憾**。對於她的遺憾，莎拉一秒鐘也不相信。她早該提高警覺的。伊涅絲心思細膩而且又有**政治手腕**，這是用來形容**狡詐欺瞞**的好聽說法，換句話說就是：**趨炎附勢的牆頭草**；代表**不怕使出下流手段**。伊涅絲在這行會走得很遠，沒錯，莎拉自己就說過：**只要她找對方法就會成功**。

伊涅絲**本著良知**去找柯斯特，告訴他莎拉在她正在處理的案子上——畢爾古瓦案——**做了錯誤的決定**。這案子對事務所的長期財務上有極重要的影響。以莎拉**目前的狀況**來說，做出那樣的**錯誤決定**也是**無可厚非**。

莎拉從來不做**錯誤的決定**。沒錯，自從開始治療後，她的注意力確實比較難以集中，專注力沒辦法維持太久，例如在談話時忘了某些細節、人名或專有名詞，但這無論如何都沒有影響到她的工作品質。她有約必到，也不曾缺席任何會議。她感覺自己的內在萎縮，但為了不表現出來，她付出了雙倍努力。錯誤決定、犯錯，這都是不可能的事。伊涅絲也知道。

那麼是為什麼？為什麼要背叛她？莎拉太晚才了解，但這個想法讓她無法動彈：伊涅絲想要她的位置，她這個合夥人的身分。事務所的機會有限，資淺律師不容易升遷。一名身體虛弱的合夥人是扇打開的門，是個不能錯過的機會。

十 根據古羅馬歷史學家蘇埃托尼烏斯的記載，凱薩大帝遭到暗殺時的最後遺言是以希臘文說出的 **καὶ σὺ τέκνον**，即「還有你嗎，我的兒子」，此處的兒子指的是凱薩的義子布魯圖。

柯斯特也看出相同的切入點：他一向嫉妒莎拉和強森之間的互信。顯然，她會是強森指定的下一任**所長**。除非能出個什麼事來阻撓她的升遷之路……蓋瑞・柯斯特看得很清楚，倘若有一天，他要坐上事務所階級制度的最高位置。一種長期的、可憎的、惡性的、致命的疾病，一種會讓人衰弱、痊癒後可能復發的疾病，將是攻擊敵人的最佳武器。而且柯斯特的雙手還不必染血，這是個完美的犯罪。就像是下棋，倒了一個小兵之後，所有棋子都可以往前邁進一步。這個小兵就是莎拉。

只要一句話就夠了，在某個聽得進去的人耳邊說句話，就足以造成傷害。

這下子眾所皆知：莎拉・柯恩病了。

生病代表有弱點，脆弱、可能半途放棄手上的案子、不能全心投入工作，還會請長假。

生病代表不可靠，讓人無法信任。更糟的，病人可能一個月或一年內就死在你面前，誰知道呢？有一天，莎拉在走廊上聽到有人低聲說了句可怕的話：是啊，誰知道？

生病比懷孕糟，至少我們知道懷孕什麼時候會結束。至於癌症則說不準，而且還可能復發。癌細胞存在體內，像懸在頭上的達摩克利斯之劍[11]，像烏雲跟著你到處走。

---

[11] 原來比喻戰戰兢兢的掌權者，現在引申比喻隨時可能爆發的潛在危機。

莎拉太清楚，一名稱職的律師必須聰明機智、效率高超，還要懂得進攻之道，必須懂得安撫、說服和誘導。像強森暨洛克伍德這樣大型的事務所，處理的案子金額動輒數百萬。她想像大家都會問她相同的問題：我們還要繼續把得失押在她身上嗎？還要把重要或是會耗時多年的案子交給她嗎？需要出庭時，她能夠上場嗎？

她還能日夜不分、週末加班嗎？她還有足夠的體力嗎？

強森召喚她到他頂樓的辦公室去。他看來不怎麼高興。如果她能來找他，親口把事情說出來就好了。他們之間一向彼此信任，為什麼她什麼都不說？這是莎拉第一次發現自己不喜歡他的語氣。這種降貴紆尊的態度和虛假的大家長之風讓她作嘔——仔細想想，這也是他對她的一貫方式。她很想說，這是她的身體，她的健康，她沒有義務讓他知道。如果她還有自由可言，那就是：不提及這件事的自由。她大可要他帶著他的虛情假意滾一邊去，她很清楚他現在為什麼煩心：不是想知道她的狀況如何？不是她的感受，甚至不是她明年還會不會在這裡？都不是，他真正有興趣的，是知道她是否有能力？是的，是否有能力和以前一樣處理那些該死的案子。換句話說：還能不能做好工作？

當然了，莎拉沒說出自己方才的想法。她仍然保持冷靜，泰然自若地向強森保證：不會的，她不會請長假，她甚至不會缺席。會的，她會在事務所裡，也許她病了，但她人會在這裡，會做好她的工作，會處理她的案子。

聽著自己說話時，她突然覺得自己像是站在法庭上，面對一場才剛開庭的怪異審判，受審的正是她本人。她像面對法官似的，努力尋找論點來為自己辯護。但是要辯護什麼?!她犯下了什麼罪?!她犯錯了嗎？她到底要為自己辯解什麼？

回到辦公室後，她試著說服自己：一切都不會改變。白白浪費力氣了。

在她內心深處，她知道強森已經開始初審她的案子。

於是，她心想，敵人也許不是她預設的人。

絲蜜塔

——印度，北方邦

絲蜜塔牽著拉麗達的小手，穿過沉睡中的田野，踏上了逃亡之路。她沒時間說話，沒時間向女兒解釋她將終生記得這一刻：她做出選擇，決定改變她們的命運之路。母女倆無聲地奔跑，以免被賈特人看到或聽到。絲蜜塔希望她們在那些人醒來時早已跑遠，所以一秒鐘都不能浪費。

動作快！

她們必須跑到大馬路上。絲蜜塔把她的腳踏車藏在水溝旁邊的灌木叢裡，同時也藏了一小盒食物。她默默祈禱，希望不要有人偷了她的東西。她們還要趕好幾公里路，才能接上國道五十六號公路，在那裡有巴士通往瓦拉納西。那是大名鼎鼎的公家巴士，車身是綠白兩色，花幾個盧比就可以上車。巴士稱不上舒服，安全性也不高——司機在晚上會喝加了大麻的飲料提神，但票價低到沒得抱怨。她們和聖城的距離不到一百公里。到了瓦拉納西後，她得找到車站，然後搭火車到清奈。

第一道曙光照向大地，大馬路上的卡車呼嘯而過，聲音大得嚇人。拉麗達抖得像風中的葉片，絲蜜塔感覺得到女兒的恐懼，畢竟小女孩從來沒到過離村莊這麼遠的地方。過了馬路，就是未知的世界，是危險。

絲蜜塔拉開遮掩腳踏車的樹枝，腳踏車還在。但是裝食物的小盒子卻散開來，掉在遠一點的水溝裡，一定是飢餓的小狗或老鼠偷去吃的。盒裡只剩下一點點食物……她們必須繼續下去，就算餓著肚子也一樣。她們別無選擇。絲蜜塔現在沒時間再去找食物了。婆羅門的妻子馬上就會搬開米缸去市場買東西。她會不會立刻懷疑到絲蜜塔身上？會不會告訴她丈夫？他們會不會追上來？納戈拉陽應該已經發現妻女離開了。不，她們沒時間找食物，必須繼續前進。幸好小盒子裡的水瓶完全沒受到破壞，她們至少可以喝水充當早餐。

絲蜜塔讓拉麗達坐在載貨架上，自己騎上腳踏車。小女孩用手環住母親的腰，像隻受到驚嚇的壁虎——這些綠色小壁虎在住家附近到處可見，小孩都很喜歡。絲蜜塔不想讓女兒發覺她在發抖。狹窄馬路上的塔塔卡車[十]發出震耳欲聾的噪音，一輛輛超越她們。這裡沒有規則可循，強者永遠優先。絲蜜塔打個冷顫，緊握把手免得倒下——在這裡摔車絕對很嚴重。只要再努力一下，她們就可以上到通往北方邦首府勒克瑙和瓦拉納西的國道五十六號公路了。

現在，她們已經坐在路邊了。絲蜜塔拿布擦擦自己和女兒的臉。她們滿身都是灰塵。這對母女已經在這裡等了兩小時，巴士還沒到。巴士今天會來嗎？在這裡，時刻表的變動很大，只能當作參考。巴士終於到時，一群人爭先恐後地衝向車門。巴士本來就坐滿了人，不容易擠上去。有些人寧可毫無遮蔽，直接抓著欄杆坐在車頂上，絲蜜塔抓著拉麗達的手，費了一番力氣才把孩子塞進車廂裡。她在車子最後面找到半個位子，對她們來說，這就夠了。將拉麗達安置好之後，她努力想擠回前面去拿她剛才丟在車外的腳踏車。這個任務很危險。十來個乘客擠在走道上，有些人沒搶到座位，有些人出言辱罵。有個女人帶了幾隻雞上車，惹得鄰座乘客大為光火。拉麗達指著剛經過車窗外的腳踏車大喊：有個男人騎上絲蜜塔的車，用力踩著踏板遠去。絲蜜塔臉上血色盡失，如果冒險追上去，可能她還沒回到車上，司機就把車開走了。司機剛發動汽車，引擎已經隆隆作響了。她不得不回到座位上，心冷地看著她的腳踏車就此消失，她之前買這輛腳踏車也是為了日後能賣錢買食物。

巴士開始搖晃，拉麗達把臉貼在後車窗上，不想錯過旅程的任何風景。突然間，她激動地喊：

爸爸！

十　印度塔塔汽車公司生產的卡車。

絲蜜塔嚇了一跳，跟著轉頭看。納戈拉陽出現了，他跑在馬路上，追著剛出發的巴士。絲蜜塔覺得自己所有的勇氣都瞬間拋棄了她。她的丈夫正奔向她和女兒，但她沒辦法確認他臉上表情所代表的意義，是悔恨，是驚慌，是溫柔嗎？還是憤怒？很快地，他便遠遠落在加速的巴士後面。拉麗達哭了出來，先是用小手敲打車窗，接著轉頭看著母親，祈求她幫忙。

媽媽，叫車子停下來！

叫司機停車是不可能的事，絲蜜塔知道。她沒辦法穿過走道接近司機。就算她過得去，司機也會拒絕減速停車——說不定還會要她們下車。她不能冒著被趕下車的危險。納戈拉陽的身影逐漸遠去，再過一會兒，他便只是她們身後的一個小點，但他仍然繼續無謂地跑著。拉麗達啜泣著，她的父親最後還是消失在她們視線中。也許是永遠消失。孩子把臉埋向母親的頸子間。

不要哭。

他會去那裡和我們碰面。

絲蜜塔想讓自己的聲音為孩子帶來安全感，彷彿她也想用這個假設說法來說服自己。然而那個機會太渺茫。她不禁自問，在到達旅途終點之前，她還得放棄什麼。她一邊安慰哭泣的女兒，一邊隔著紗麗碰毗濕奴的小神像。她告訴自己，一切會很美好的。她這麼說是為了自我安慰。她們的旅途充滿考驗，但是毗濕奴就在她身邊。

拉麗達睡著了。淚水在她的臉頰上留下一條條淺色的痕跡。絲蜜塔隔著骯髒的窗玻璃看著飛逝而過的風景。路旁有臨時搭蓋的代用小屋，有田地，有一座加油站、一所學校、幾個貨車車架，她還看到百年老樹下有一張椅子、一處臨時市集、幾個坐在地上的攤販、新款摩托車出租店、一片湖泊、幾間倉庫、一間成了廢墟的廟、廣告看板、頂著籃子身穿紗麗的女人，以及一輛牽引機。她告訴自己，這裡，在這條道路的兩旁可以看到整個印度，在古今交融的混亂中，同時有著純潔與不淨，有世俗也有神聖。

因為路上一輛卡車陷進爛泥，整個交通受阻，因此巴士遲了三小時才抵達瓦拉納西的公路車站。車門一開，車廂裡所有的男女、孩子、雞隻和乘客成功堆在上面、座位下或座位間的東西立刻湧了出來。拉麗達訝異地看著一個男人從車頂上牽下一頭羊，不懂男人最早是怎麼把羊給弄上去的。

一下車，城市的活力便讓絲蜜塔和她的女兒為之震驚。城裡到處都是巴士、汽車、人力三輪車，還有一輛輛卡車載著滿滿的朝聖者，朝恆河和濕婆金廟的方向駛去。瓦拉納西是世界上最古老的都市之一。朝聖者到這個城市來洗滌靈魂、靜修祈禱、結婚，但同時也會來焚化親朋好友，有時甚至來這裡等待死亡[12]。恆河邊有一排排階梯通往恆河母親——這是印度人對聖河的稱呼——這些稱之為河壇的階梯在永不停歇的舞蹈中，見證了死亡和生命，日與夜。

拉麗達從來沒看過這樣的景象。絲蜜塔經常對女兒說起這個城市。絲蜜塔小時候，她父母曾經帶她來過瓦拉納西。他們一起完成了潘恰提錫朝聖之路，要完成這段朝聖之路，必須先依序在聖河的五個不同地點沐浴淨身。他們依照習俗，最後到濕婆金廟祈福。絲蜜塔跟隨著父母和兄長，讓他們帶路。這趟旅程給她帶來極深的印象，讓她久久難以忘懷。曼尼卡尼卡河壇是

---

[12] 印度教徒一般認為死在瓦拉納西可以超脫輪迴，此外亦相信在瓦拉納西的恆河畔火化並將骨灰灑入河中同樣能解除生前的痛苦。

兩個用來火化逝者的其中一處，尤其讓她怎麼也忘不了。她記得當時看到一處著火的柴架，上面還看得出一名老婦人的屍體。根據傳統，老婦人的屍體必須先用恆河水洗淨，乾了之後才能焚燒。絲蜜塔驚恐地看到第一道火舌舔舐屍體，接著，地獄般的猛火大口吞噬掉老婦人。怪的是，逝者的親朋好友似乎不覺得哀傷，而是近乎歡愉地看著他們的長者解脫，得到自由。當中有些人在聊天，有些在玩牌，甚至還有些人在笑。身穿白衣的賤民在河壇上不分日夜地工作，火葬這樣不潔的任務當然要由賤民來善後。此外，他們還得搬運架柴堆需要的木料，將木柴從小船搬到河壇上。絲蜜塔記得碼頭邊堆積如山的待運木柴。離火葬地幾公尺外，幾頭母牛正喝著河水，對於河邊發生的一切絲毫不感興趣。更遠的地方，男男女女帶著孩子正在舉行沐浴儀式——他們必須從頭到腳浸入恆河水中，在水中淨化。除此之外，河壇有人在進行色彩豔麗氣氛歡樂的婚禮，唱起了宗教歌曲或流行曲目。她還看到有人在洗碗盤甚至洗衣服。某些地方的水是黑色的，上面漂著鮮花、油燈、朝聖者的獻祭、腐爛的動物屍骸和人類遺骨——屍體火化後，骨灰依儀式會飄灑到河面上，但有許多家庭無法負擔完全火化的費用，於是把燒不完全的屍體甚至是全屍丟進河裡。

今天，沒有人領著絲蜜塔，除了跟在身邊的小女兒，沒有讓她安心的手可以牽住。她們孤單地走在一群不知名的朝聖者之間，尋找自己的道路。火車站位在市中心，離她們下車的巴士站有一段很遠的距離。

拉麗達走在街上，看得目瞪口呆，櫥窗裡展示的物品一樣比一樣新奇。這家店有吸塵器，那間店鋪有榨汁機，遠一點的櫥窗裡展示著浴室，有洗手檯和抽水馬桶。拉麗達從來沒看過這些東西。絲蜜塔嘆了一口氣，她很想走得更快一點，但是孩子的好奇心拖慢了她們的速度。母女倆遇到一隊手牽著手，穿著褐色制服的小學生。絲蜜塔驚訝地看到女兒望著那群學生的眼光中有著羨慕。

瓦拉納西聯軌車站終於出現在她們面前。火車站前庭擠滿了近乎發狂的人群——這裡是全印度最繁忙的車站之一。車站大廳裡，一波人海湧向售票口。到處都有男人、女人和孩童，有的站著，甚至有人坐著，還有人躺著，因為這些人已經等了好幾個小時，也有人一連等了好幾天。

絲蜜塔努力推擠出一條小路，一邊還要閃避賣票的黃牛。這些黃牛利用觀光客的困惑或無知，以模糊或不正確的資訊交換，向他們敲詐錢。絲蜜塔在排隊等候的四條隊伍中選了一條排進去。每條隊伍都至少有上百個人，所以排隊需要耐心。拉麗達顯露出疲態，她們餓著肚子趕了一天，這段路程將近一百公里。絲蜜塔知道，接下來還要面對更嚴苛的考驗。

在她終於來到櫃台時，天色已經黑了。她開口要買兩張當天前往清奈的車票時，鐵路公司員工的臉上掛上驚訝的表情，說，車票必須在好幾天前預約，火車在最後一刻永遠客滿。她沒有事先訂票嗎？……絲蜜塔想到要在這個聖城，在一個她舉目無親的地方過夜便渾身無力。從婆羅門家米缸下拿回來的錢只夠她們買三等車廂的車票和食物，她們不可能找旅館住，連大眾寢室都不可能。絲蜜塔向對方堅持，表示自己一定得現在，或者是盡快離開。她毫不猶豫地拿出自己和女兒的午餐錢放到櫃台。鐵路公司的員工猶豫地看著她，黃牙間吐出含糊不清的低語，走了開去。回來時，他手上拿著隔天火車的兩張臥鋪車票——那是最便宜的車廂了。他盡力了。後來絲蜜塔才知道每個人都可以買臥鋪車票，這個艙等的車廂沒有人數限制，因此永遠超載。這個員工利用她的信任，騙了她幾個盧比，但是她知道時已經太遲。

累壞的拉麗達躺在她懷裡睡著了。絲蜜塔奮力擠出去，想找個地方坐下來。火車站裡甚至月台上，到處都是準備過夜的人。有人找到地方坐，有人躺下來睡覺——這些是運氣好的人。絲蜜塔坐在角落裡，離她不遠處有個身穿白衣，帶著兩個小孩的女人。拉麗達剛醒過來。她肚子餓了。絲蜜塔拿出已經見底的水瓶，除此之外，今晚什麼都沒有了。小女孩忍不住哭了出來。

不遠處的白衣女人正拿著餅乾給她的孩子吃。女人看著絲蜜塔和她懷裡哭個不停的小女孩。她走過來，和她們分享自己的午餐。絲蜜塔抬起頭，驚訝地看著對方；她不習慣旁人對她伸出援手，而且她從未向人討過食物。她的家境雖然不好，但一向活得有尊嚴。如果只有她自己一個人，她會拒絕女人的好意，但拉麗達太虛弱，如果不吃，恐怕沒辦法完成這趟旅程。絲蜜塔接下白衣女人遞過來的香蕉和餅乾，向她道謝。拉麗達熱切地吃了起來。女人向路邊的攤販買來一杯薑茶，請絲蜜塔喝幾口，而絲蜜塔也樂於接受。熱騰騰的茶有一股辛辣的胡椒味，讓她恢復了精神。女人——她的名字是拉克許瑪瑪——和她聊了起來。她想知道絲蜜塔母女就兩個人而已，打算去哪裡？她們沒有丈夫、父親或兄弟的陪伴嗎？絲蜜塔說她們想去清奈，她丈夫在那裡等著她們，這是謊話。拉克許瑪瑪和她的孩子要去德里南部的小村莊沃林達文，亦即**知名的白衣寡婦村**。她說出自己的丈夫幾個月前死於流行性感冒。丈夫死後，住在婆家的拉克許瑪瑪受到排擠。她苦澀地提及寡婦的命運。在印度，大家視寡婦為不祥的象徵，為了她沒能保留住丈夫的靈魂而成為罪人。有時，寡婦甚至被控對丈夫施以巫術，導致丈夫生病或死亡。如果丈夫死於意外，寡婦無權領取保險費；就算參戰陣亡也沒有撫卹金。看到寡婦會招來厄運，僅僅和她們的影子錯身而過都已經是不好的預兆。她們不能參加婚禮和節慶，必須躲起來，而且要穿著白色喪服，得懺悔贖罪。通常，家人會把她們趕出門外。拉克許瑪瑪還驚恐地提起慘無人道的**殉夫習俗**——在丈夫過世後，妻子必須跟著上柴堆活活火葬。拒絕殉夫的寡婦會被逐出家門，遭受毆打和羞辱，有時還會被婆家的人推進火裡，甚至連她們的孩子也不放過——這是爭奪遺產的手段。寡婦被家人趕上街前，必須交出珠寶，剃光頭髮，如此一來，她們對任何男人都不會有吸引力——無論年齡大小，她們都不得再婚。鄉下的女孩很早就結婚，有些女孩才五歲就成了寡婦，這輩子只能淪落為乞丐。

「就是這樣，當我們失去丈夫後，就一無所有。」她嘆了一口氣。絲蜜塔知道，女人沒有自己的財產，一切都屬於丈夫。結婚時，女人為丈夫付出一切。然而失去了一切，女人便不再存在。拉克許瑪瑪什麼都沒有了，只剩下她成功藏在紗麗下的一件珠寶，這是她雙親在她結婚時送的禮物。她還記得，自己在婚禮當天戴上了金銀珠寶，由家人帶著她到寺廟裡結婚，場面熱鬧非凡。她奢華地走進婚姻，赤貧地走出來。如果可能，她寧願丈夫是拋棄或休離她，拉克許瑪瑪承認，至少那麼一來，社會不會放逐她，不會將她視為賤民，也許她的親人會願意表達一點同情和愛心，而不是像現在這樣只有蔑視與敵意。如果可能，她寧願生為一頭牛，至少她會受到尊敬。絲蜜塔不敢告訴她，說自己選擇拋下丈夫、村莊和她熟悉的一切。在聽拉克許瑪瑪說話的這一刻，她自問是否犯了嚴重的錯誤。年輕寡婦承認自己一度想自盡，最後之所以會放棄，是因為擔心婆家會為了爭奪遺產，而殺害她兩個年幼的兒子，這種事不是沒發生過。所以她選擇離開，帶著兩個孩子到沃林達文。聽說有上千萬寡婦在那裡得到庇護，住在「寡婦之家」或是住街頭。她們到廟裡為黑天神克里西納獻唱禱文，以此換得一碗米或湯之類的基本糧食，一天只能有一餐，無權領取更多。

絲蜜塔沒有打斷年輕寡婦的話。拉克許瑪瑪的年紀沒比她大。絲蜜塔問起她年紀時，拉克許瑪瑪說她也不清楚——她覺得自己大概還不到三十。她的五官還很年輕，絲蜜塔心裡想著，雙眼靈活，但眼底卻是埋藏著無盡的哀傷，千年之久的哀傷。

拉克許瑪瑪該上火車了。絲蜜塔感謝她分享食物，允諾會為她和她兩個孩子向毗濕奴祈禱。絲蜜塔看著她走向月台。年輕寡婦一手抱著小兒子，另一手牽著大兒子，所有的行李就只有一個小袋子。她的身影消失在湧向月台準備上車的旅客中，絲蜜塔碰觸放在紗麗下的毗濕奴小神像，祈求祂保佑拉克許瑪瑪一路平安，在外生活順利。絲蜜塔想著千萬名和拉克許瑪瑪有同樣命運的寡婦，在這個不重視女性的國家受到家人拋棄，過著貧困的生活，為人所遺忘。絲蜜塔突然覺得感激，她就是她，雖然賤民出身，但是她完整又獨立，將來可能會有更美好的生活。

我真希望自己沒有出生，離開前，拉克許瑪瑪這麼告訴她。

茱莉亞

——義大利，西西里島，巴勒莫

當茱莉亞向母親和姊妹宣布工坊破產的消息時，法蘭契絲卡忍不住哭了出來。阿黛拉什麼都沒說——她以青少年特有的冷漠態度面對一切，彷彿這些事和她一點關係也沒有。老媽先是保持靜默，最後終於崩潰。她平常那麼虔誠，那麼敬神，這時卻指控老天爺如此迫害他們。先是她丈夫，現在又是家裡的工坊……他們是犯了什麼罪，背負什麼罪孽，竟然會受到這樣的懲罰?!她的孩子要怎麼辦？阿黛拉還是中學生。法蘭契絲卡的婚姻那麼辛苦，幾乎養不起自己的孩子。至於茱莉亞呢，她什麼都不會，只懂得父親教給她的技術。而身為父親的皮耶托今天甚至人不在這裡……

這天晚上，老媽哭了好幾個小時；她為丈夫、為三個女兒、為即將被銀行收回的房子、為自己而哭。要知道，她是從來不落淚的。在黎明光線的照射下，她想到了一個方法。吉諾・巴塔格里歐拉愛慕茱莉亞好幾年了，一直想娶她。這是大家都知道的事。吉諾家有錢，在全國各地都有理髮店。而且他父母對朗佛瑞迪家一向友好。也許他們會願意買下朗佛瑞迪家抵押給銀行的房子……這並不能拯救工坊，但至少還能保有房子，讓她的女兒有個遮風避雨的家。沒錯，老媽想：這樁婚姻可以拯救大家。

她把這個想法告訴茱莉亞，後者強烈反對。她絕對不會嫁給吉諾・巴塔格里歐拉。她寧願流浪街頭！那個男人是不討厭沒錯，對此她沒什麼好批評，但是他個性無趣又沒有品味。她經常在工坊看到他，他細瘦笨拙的樣子和一簇簇頭髮，讓他看起來有點像她父親愛看的喜劇片《怪物》裡的荒謬角色迪諾・李希。

母親回她道，他是個好對象，吉諾人不但挺好，還有錢；茱莉亞如果嫁給他，日後一定什麼都不缺。茱莉亞說，這人除了最重要的以外什麼都不缺。她拒絕屈服，不想被關在豪華的籠子裡。她不想要一個便宜行事、流於形式的婚姻。其他人就可以，老媽說。茱莉亞知道母親說得沒錯。

茱莉亞母親的丈夫不是自己挑的，但是她的婚姻幸福。她到三十歲還沒結婚，最後接受追求她許久的皮耶托・朗佛瑞迪求婚。愛情隨著時間而來。茱莉亞的父親儘管脾氣火爆，但仍是個好人，知道如何贏得妻子的感情。或許對茱莉亞來說，也會是一樣的情況。

茱莉亞上樓把自己關在房間裡。她沒辦法心甘情願接受這個選擇。除了卡默火熱的皮膚，她什麼都不要。她拒絕躺在冷冷的床上，躺在冰涼的床單和被子之間，像小說裡的女主角一樣。《石之惡》這本小說讓她受到相當大的衝擊，書中女主角怎麼樣也沒辦法愛上娶她的男人，最後遊蕩在街頭，尋找她失去的情人。茱莉亞不想要沒有熱情的婚姻。她記得婆婆說過，**去做妳想做的事，親愛的，但千萬別結婚**。

但是她還有其他辦法嗎？她能夠看著母親和姊妹流落街頭嗎？生命很殘酷，她告訴自己，竟然把整個家庭的重擔放在她一個人的肩膀上。

這天，她沒有勇氣去見等著她的卡默。為了某個她自己也不太清楚的原因，她走到父親從前很喜歡去的小教堂——她打個冷顫，這時才發現自己想到父親時竟然用過去式。她連忙改口，他還活著呢。

今天，從來不祈禱的茱莉亞需要靜思。白天這個時間，小教堂裡沒有別人，裡頭寧靜的氛圍讓人覺得脫離了塵世，或是相反的，覺得自己就在世界的中心。是因為教堂內的清涼、隱約的薰香味和腳步踩在石頭地上的微弱回音？茱莉亞屏住呼吸；小時候，她踏進教堂就真心感動，覺得自己彷彿進入了神聖、神祕的領域，裡頭充滿了好幾個世紀以來的靈魂。教堂裡永遠有幾支點亮的蠟燭，她自問，在這個繁忙的世界，究竟誰有時間來點亮這些無法長久的火苗？

她塞了一枚銅板到奉獻箱裡，拿起一支小蠟燭，放到燭台上其他幾支蠟燭的旁邊。她點亮蠟燭，閉起雙眼，開始低聲祈禱。她祈求上天將父親還給她，求上天給她勇氣，讓她能接受沒得選擇的人生。她告訴自己，要拯救朗佛瑞迪家族，必須付出沉重的代價。

只有奇蹟才能將他們拉出困境。

但是這世上沒有奇蹟。茱莉亞知道。奇蹟只會出現在《聖經》或她孩提時期讀的故事書上。她已經不再相信童話了。父親的意外一把將她推向成人世界，但她完全沒有準備。停留在青少年尾聲的感覺太美好，就像浸著熱水浴不想離開一樣。然而，該要成年的時刻毫不留情地到來。夢想結束了。

和吉諾結婚是唯一的解決之道。茱莉亞反覆思考著這個問題。吉諾會買下貸款中的房子。如果無法挽回工坊，至少她的家能夠得救。這是母親說的，相信這也會是老爸的希望。這個論點終於讓茱莉亞屈服。

當天晚上，她寫了一封信給卡默。她想，寫在紙上的文字比較沒那麼殘忍。在信上，她解釋了工廠的狀況，以及家中承受的壓力。她告訴卡默，她將會結婚。

畢竟他們之間從來沒有承諾。她從未期待和他共度未來，也不曾想像這段感情能夠長久繼續。他們既沒有相同的文化、相同的神，也沒有相同的傳統。然而他們的肌膚卻那麼相稱，他們的身體如此契合。在他身邊，茱莉亞感覺到前所未有的活力。她無法了解這股啃咬她的強烈慾望，她會在夜裡醒來，每天早上打顫地起床，只想回到他身邊。她對這個剛認識的男人一無所知——就算知道也不多——而他卻能對她造成別人辦不到的影響。

那不是愛，她努力說服自己。是別的感情。一定要放棄。

她甚至連這封信該寄到哪裡都不知道，因為她不曉得他的住處。他曾經說自己和另一個工人在郊區分租一個房間。反正這也沒關係了，茱莉亞會把信放在他們平常碰面的洞窟，用貝殼壓在兩人多次纏綿的岩石旁邊。

他們的故事到此結束，她告訴自己，有點意外，就和開始時一樣。

這天晚上，茱莉亞久久無法入睡。她的睡意早已留在老爸辦公室的抽屜深處。她看著時間一分一秒地流逝。無眠的夜晚讓人焦慮，白晝似乎再也不會出現。她連看書的力氣都沒有，光是一動也不動地躺著，像顆石頭，像黑暗的囚犯。

她得向女工宣布工坊即將關閉的消息。她知道這件事得由她來做——不能靠她的姊妹和母親。她必須遣散工坊那些對她而言不只是同事或朋友的女人。她沒有辦法平息她們的傷痛，只能分享苦澀的眼淚。她知道工坊對她們每個人的意義。有些人一輩子都在工坊工作。婆婆將來怎麼辦？有誰會雇用她？艾利西亞、吉娜、愛達已經超過五十歲，重新就業會有困難。丈夫離家後，獨自帶著小孩的阿涅絲又該怎麼辦？還有費黛麗卡，她的雙親已經過世，還有誰可以幫助她？……茱莉亞想推遲這一刻的到來，就像任何人都會想延遲明知會受苦的手術一樣。然而問題仍得解決。明天我會告訴她們，她心想。這個想法讓她沮喪又無眠。

她在凌晨兩點左右聽到聲音。

大半夜的，有人朝她的窗戶丟石頭。

這一下，把好不容易陷入昏睡的茱莉亞給嚇醒了。接著又傳來第二次聲響。她走到窗邊，看到卡默在那裡，在下方的街上。他抬起頭看著她，手上拿著她的信。他喊著：

茱莉亞！

下來！

我有事告訴妳！

茱莉亞打個手勢要他安靜，怕他吵醒母親或鄰居，大家都睡得很淺。但卡默沒有走開，而是堅持要和她說話。茱莉亞最後終於穿上衣服，匆忙下樓到街上和他碰面。

你瘋了嗎，她對他說，你瘋了才會來這裡。

奇蹟就這麼發生了。

莎拉

——加拿大，蒙特婁

事情在不知不覺中就開始了。首先是一場會議，大家忘了通知她出席。**我們不想打擾妳**，事後，負責會議的合夥人這麼說。

接著是一件案子，大家避著她，不想和她討論。**這時候，妳的煩惱已經夠多了**。那麼貼心的說法，讓人幾乎信以為真。她不需要這種體貼，她要的是繼續工作，像從前一樣受到尊重。她拒絕別人的呵護。然而，這陣子，她明顯感覺到大家較少讓她參與辦公室的事務和決定或案件的管理。有些事，別人忘了告訴她，有問題也會跳過她去問別人。

自從她生病不再是祕密後，柯斯特在事務所的重要性大增。莎拉越來越常看到他和強森討論、說笑，或陪強森用午餐。至於伊涅絲呢，她處理案子時經常自作主張，沒有尋求莎拉的意見。若莎拉提醒她，表示自己是她的主管時，她還會假意遺憾，反駁那是因為莎拉**不在公司**或**沒空**——暗指莎拉人在醫院。伊涅絲利用莎拉不在辦公室的時候替她做決定，在會議發言。最近，伊涅絲和柯斯特走得特別近。她甚至開始抽菸，莎拉想，目的只有一個，就是在休息時間和她的新導師一起抽菸。誰知道呢，說不定能趁機撈到升職的機會……

莎拉已經開始到醫院接受治療。她不顧腫瘤科醫師的建議，拒絕請假。缺席就表示空下位子，棄守自己的領域——這個選項太冒險。無論如何，她都必須堅持住。她每天早上勇敢起床去上班，絕不讓癌症奪去她多年來建立的一切。她要奮鬥，要守住自己的帝國。唯有這個想法能讓她振作，帶來她所需要的力氣、勇氣和精力。

腫瘤科醫師警告過她：治療過程很辛苦，甚至還會帶來副作用。他列出一張詳盡的清單，做成表格交給她，說明她會在什麼時候覺得反胃，她的頭髮、指甲、眉毛、皮膚、手腳在什麼時候會出現反應，以及這幾個月的療程中每天得面對什麼變化。莎拉領了十多張處方籤離開醫院，為的只是抵銷每個副作用。

但他沒說的，任何人都沒提到的是，比手腳不適，比噁心反胃或認知偶爾模糊更加嚴重的副作用——她對這種隨疾病而來的排斥，這個以她為目標、緩慢又痛苦的迴避，絲毫沒有心理準備，而這個副作用也沒有任何一種藥物可以治療。

最開始，莎拉不想為事務所發生的一切找個名稱。她寧可忽略同事的「忘記」，以及強森眼神中全新的漠然。其實「漠然」這個詞彙不盡真實，恰當的說法應該是某種形式的距離，是他們兩人關係的奇特冷淡。一連好幾個星期都沒有人請她參與預定行程，沒有人邀她參加會議，沒分案給她，客戶來了也沒人介紹她認識，最後，她終於確定了：大家正避著她。

這種暴力形式有個名字，但是她很難說出口：「歧視」。在她經手過的案子中，這個字眼她聽過上百次，但從來與她無關——至少她從前是這麼想。她熟知「歧視」的定義：「因出身、性別、家庭狀況、懷孕與否、外表、宗族、健康狀況、殘障與否、遺傳特性、習俗、性取向及性別認同、年齡、政治立場、工會活動，以及是否屬於特定種族、國家、民族或宗教等不同層面之差異，而對人採取差別待遇之行為。」這個名詞有時會和「汙名」結合在一起，正如社會學家厄文·高夫曼所定義的：「因個人特質，而無法歸類於他人設想中的類別。」因此而苦惱的人，就是一個**被汙名化的人**，和其他人——也就是與高夫曼所謂的**正常人**相反的人。

莎拉現在知道了：她遭到汙名化。在這個頌揚青春和活力的社會，病人和弱者是沒有地位的。過去處於強者世界的她，如今角色對換，換了陣營。

她能怎麼扭轉局面？她知道如何對抗疾病。她有武器，治療和醫師站在她身邊。但要對抗排斥得用什麼解藥？大家正緩緩地將她推向出口，將她關進衣櫃裡，她要怎麼做，才能逆轉這個軌跡？

抗爭，那是當然，但要怎麼做？控告強森暨洛克伍德事務所嗎？這代表著辭職。如果她辭職離開，那麼她不會有任何奧援，還會失去所有社會保險。重新找個工作？誰會雇用罹癌的她？自己開設法律事務所？這個遠景誘人但需要資金。銀行只會借錢給身體健康的人，這她知道。再說，會有客戶跟她走嗎？她什麼也無法保證，她甚至沒辦法保證自己在一年後還能捍衛他們的利益。

她記得一件可怕的案子。幾年前，她一個同事為一名在診所當祕書的女人辯護。女祕書向雇主抱怨頭痛，請診所醫師為她檢查，這位雇主為她檢查過後，當晚就解雇了這位女祕書：因為她得了癌症。當然了，解雇的官方理由是因為「經濟考量」，但是沒有人那麼傻。整個訴訟過程長達三年，女祕書最後贏得勝訴。但她沒過多久便過世了。

莎拉遭遇的暴力相對溫和多了。這個職場暴力沒有自報姓名，沒那麼明顯，因此也很難證明。但問題是這暴力確實存在。

一月份的一天早晨，強森請她到樓上他的辦公室。他假意關心，問起她的近況。莎拉很好，謝謝。是的，正在接受化療。他說起自己一名遠房表親二十年前也因為癌症接受過治療，現在健康得很。莎拉才不在乎大家老愛講給她聽的戰勝癌症成功案例，聽起來就像扔骨頭給狗撿。對她來說，這無法改變任何事。她想回答他，說她母親死於癌症，而這會兒她自己病得像狗一樣，這些虛假的同情他留著自己用就好了。他不知道口腔潰爛不能吃東西、下班時腳腫到不能走路，或累到連一階樓梯都走不上去是什麼感覺。在他虛偽的同情背後，他嘲笑妳的頭髮再過幾星期就會掉光，妳照鏡子會被自己瘦弱的身體嚇到，妳什麼都怕，怕痛、怕死，妳晚上睡不著，一天吐三次，有些早上甚至懷疑自己能不能站起來。叫他的良知算了吧！他的表親也一樣。

和往常一樣，莎拉以禮相待。

強森終於說到重點：他要在畢爾古瓦案多加上一位合夥人。莎拉驚訝得合不攏嘴。過了好一會兒，她才開始抗議。畢爾古瓦是她好幾年的客戶了，她不需要任何人協助也可以妥善處理。強森嘆口氣，說起那場會議，她唯一遲到過的會議——她一大早起床，為的就是在上班前到醫院檢查。沒想到核磁共振機器故障——真不巧，這種事三年才出一次，技師遺憾地說。莎拉急著到公司免得遲到，最後，她氣喘吁吁地在會議剛開始時趕到。當然了，強森不需要知道這麼多，也沒興趣聽莎拉的解釋，醫院機器的問題她自己知道就好。多虧了有伊涅絲在場。她永遠準時，他明確地說，真是完美。他強調，而且莎拉還曾經在審判庭上昏倒，以致不得不延期再審。他刻意用她最討厭的甜蜜聲調說話，說他明白她有醫療上的需要，而且事務所裡的每個人都希望她能盡快恢復到最好的狀況，強森這點很厲害，總是有辦法說一大串言不及義的話，聽起來空空洞洞的，他覺得莎拉需要協助，團隊合作是這個事務所的使命與精神。在這個艱困的時刻，他要派人來幫助她，這個人是……蓋瑞．柯斯特。

如果莎拉不是坐著，她應該會跌倒。

除了現在正在發生的事，她什麼都能接受。

她寧願被解雇，開除。她寧願挨耳光，被羞辱。如果這樣，至少情況很清楚。任何事都比被架空好，比這個緩慢又難以忍受的死刑好。她覺得自己像在競技場裡的公牛，被拿來獻祭。她知道抗議沒有用，沒有任何論點可以改變事實。她的命運已定，強森已經做了決定。生病的莎拉對他沒有任何用處。他不會願意再把重責大任放在她身上。

柯斯特不可能只淺嚐畢爾古瓦的案子，他會搶走她最重要的客戶。強森心知肚明。這兩個人正趁著她倒地的時候凌遲她。莎拉想大喊救命，想學她兒女玩遊戲那樣大喊：有小偷！這和在沙漠裡大喊一樣，沒有人聽得到，沒有人會來幫忙。這些強盜道貌岸然，他們做的事不會有人看到，甚至還會讓人尊敬。這是高雅的暴力，灑了香水的暴力，穿著三件頭正式西裝的暴力。

蓋瑞．柯斯特的復仇很精準。拿到畢爾古瓦案，他會是事務所裡最有權力的合夥人，是強森的夢幻繼承者。他沒生病，不虛弱，甚至處在權力的最高峰，就像剛吸了人血的吸血鬼。

最後，強森遺憾地看著莎拉，丟出這句殘酷的話：**妳看起來很累，應該回去休息了**。

莎拉回到辦公室，整個人被徹底擊潰。她知道自己會受到打擊，但怎麼也沒算到這一步。幾天後，聽到消息時，她一點也不驚訝：柯斯特被提名為所長，將承繼強森至高無上的地位，成為事務所的領導者。這項提名，為莎拉的事業敲響了喪鐘。

這天，她下午就回到了家。她從來沒有在這個時候回家，房子裡沒有別人，鴉雀無聲。她坐在她的床上開始哭，因為她想著曾經的自己，昨日的她還是個堅定的女強人，在世上有一席之地，而世界在今天就拋下她。

再也沒有任何事可以阻止她墜落。

而墜落才剛開始。

這天早上，一條線斷了。
這很罕見，
然而還是發生了。

這是場災難，是海嘯
極小的強度，
毀了多日的工作。

這讓我想到潘妮洛碧[十]，
每個白天不屈不撓地重做

自己在夜晚撕毀的壽衣。

我必須從頭開始。

作品會很美麗，這個念頭讓我安慰。
不能再斷線，我必須抓緊。

重來，繼續。

十 希臘神話中，伊塔卡國王奧德修斯的妻子。奧德修斯在特洛伊戰爭獲勝後，返航時經歷各種劫難，又在海上多年漂泊。當地許多貴族認定奧德修斯已死，為了王位追求潘妮洛碧，但後者以為了幫過世的公公編織壽衣為由拖延時間。

絲蜜塔

——印度，北方邦，瓦拉納西

月台上，半睡半醒的絲蜜塔突然驚醒，拉麗達蜷著身子縮在母親身邊。黎明綻放出的第一波光芒。好幾百名旅客拿起行李，朝剛抵達車站的列車跑過去。她驚慌地叫醒女兒。

走了！

火車來了！

快！

絲蜜塔快手快腳抓起東西——昨晚，為了防小偷，她睡在自己的袋子上。她握住拉麗達的小手，衝向三等列車的方向。月台上人山人海，大家互相推擠踩踏。「再見，再見！」到處都有人喊著**走，快走！**絲蜜塔握住火車門把，乘客推擠的力量太大，她必須握緊。她先將女兒推進車廂，免得被蜂擁而來的旅客擠得透不過氣。這時她突然心生疑問，於是轉頭問身邊一名瘦巴巴的男人。這列火車到清奈嗎？她大聲問。

不是！他答道，這車往齋浦爾。他補上一句，不要相信看板，上面寫的多半是錯的。

絲蜜塔抓住幾乎已經上車的拉麗達，像逆流返鄉的鮭魚一樣，掙扎半天才闖出一條路。

同樣的來回經過好幾次，聽到互相矛盾的訊息，又問了一名什麼都不清楚的鐵路公司員工之後，絲蜜塔和拉麗達終於搭到前往清奈的火車，登上藍色的「睡鋪」車廂。這節破破爛爛的車廂沒有冷氣，蟑螂老鼠到處爬。這對母女費力擠進滿是人的車廂，在長木椅上找到一個小小的空位。整個車廂大概只有小小的幾平方公尺，卻擠了二十多個人。長椅上方的置物架也坐滿了男男女女，他們的雙腳就那麼懸空搖晃。這段路很長，超過兩千公里，這些人就用這種方式旅行。他們搭的是慢車，票價比快車便宜，但是每站都停而且開得很慢。用這種方式穿越印度真是瘋了，絲蜜塔心想。所有人類大概全擠在這個最廉價的車廂裡了，大家呼吸困難又疲憊不堪。放眼望去，車廂裡到處是攜家帶眷的人，嬰兒老人隨地坐或四處站，擠到大家都動彈不得。

旅程的前幾個小時尚稱順利。拉麗達睡著了，絲蜜塔半睡半醒地打著瞌睡。沒想到孩子突然因為尿急而醒過來，絲蜜塔只好抱起女兒，又擠出一條路，把女兒帶到車廂尾端。要這麼做實在不簡單，她很難不踩到坐在地上的人。儘管她十分小心，還是不慎踩到其中一人，對方憤怒地咒罵她。

她終於走到廁所，卻發現門被人反鎖。絲蜜塔試著開門，還拍打了好幾下。不必白費力氣了，一名坐在地上的老婦人說。她曬黑的皮膚皺得像羊皮紙，牙齒也幾乎掉光。她告訴她們，那些人已經在裡頭關了好幾個小時。他們是一家子，想找地方坐或睡覺，在到達目的地之前是不會出來的。絲蜜塔開始既威嚇又祈求地用力敲門。再怎麼吼也沒用，老婦人又說了，別人早就試過了。

我女兒真的得上廁所，絲蜜塔低聲說。缺牙的老女人指向車廂角落，去那裡就行了，要不，就要等到下一站。拉麗達嚇得不敢動；她不想在這麼多旅客面前上廁所，她雖然才六歲，但已經有敏銳的自尊心。絲蜜塔讓女兒明白她別無選擇。她們不能冒險在下一站下車，因為停車時間太短。上一站就有一家人受困——月台上到處都是人，他們沒辦法再回到車上。火車也不等他們就開了，把那一家人丟在天知道什麼地方，連行李都沒拿就流落在不知名的車站。

拉麗達搖頭。她寧可忍耐。再過一、兩個小時，等她們到了齋浦爾，停車時間會比較長。她可以忍到那時候。

她們回到原來的座位時，發現車廂裡瀰漫著一股夾雜著屎尿的惡臭。列車停靠的每一站都是這樣——城市居民習慣到鐵路附近就地解放，絲蜜塔對這種味道太熟悉，這氣味到哪裡都一樣，沒有國界、地位、種姓階級或貧富之分。絲蜜塔雖然習慣這個味道，但她仍然屏住呼吸，和她挨家挨戶去打掃時一樣。她拿圍巾捂住自己和女兒的鼻子。

再也不必了。她向自己保證，她再也不必屏息活著。她終於可以自由、有尊嚴地呼吸了。

列車再次開動，惡臭逐漸退去，換上了旅客們擠在一起的體味和汗臭，儘管沒那麼刺鼻，但同樣令人反胃。馬上就中午了，車廂塞滿了人，裡頭又只有一個簡單的風扇攪動熱氣，正午的高溫會讓人更難忍受。絲蜜塔讓拉麗達喝水，自己也喝了幾小口。

漫長的白日慵懶又潮濕。有些人在車廂裡擦起鞋子，有些人則透過半開的車門看風景，或把臉貼在車窗的欄杆上，希望能吹點涼風，但迎面而來的只有熱帶的空氣。有個男人唸著禱文在車廂裡來回走動，在旅客頭上灑水祝願。一個乞丐一邊掃地，一邊因為整理環境向大家討錢。如果有人願意聽，他便會說自己悲慘的故事。他本來和家人在北方種田，但是有錢的農夫過來找他父親討債。那些人在他們全家人面前先打昏他父親，再打斷他四肢、挖掉他雙眼，最後把他頭下腳上地倒掛。絲蜜塔出聲罵那乞丐，要他到別的地方去掃地，這裡有小孩。

絲蜜塔身邊坐著一個滿身大汗的胖女人，她要去蒂魯帕蒂獻祭。絲蜜塔聽到女人的話，原來的懶散全不見了。之前，女人的兒子生病，醫師都認為他沒有希望。一名治療師建議她到寺廟去獻祭，沒想到她兒子就這麼痊癒了。今天，她要為了這個奇蹟去感謝毗濕奴，在祂雕像腳下擺放食物和花環。她千里跋涉就是為了還願。她抱怨這趟旅程的條件並不理想，但事情就是這樣，她說：通往神的道路是否艱辛，得要由祂來決定。

夜晚降臨時，車廂裡的旅客把長木椅拼成臥鋪，準備稍做休息。但是睡在上面不怎麼舒服，絲蜜塔好不容易才進入半昏睡狀態，拉麗達小小的身子緊貼著母親，躺在胖女人身邊。她想著自己出發前對毗濕奴許下的諾言。要言出必行，她告訴自己。

在恰蒂斯加爾邦和安得拉邦之間的某處，在這個深夜裡，她躺在木椅拼成的臥鋪上做出決定：明天，拉麗達和她不會按照原來的計畫，繼續前往清奈。既然火車會停在蒂魯帕蒂車站，她要在那裡下車，到聖山參拜她們的神。毗濕奴在等她們，這個想法讓她心安地睡去。

她的神在那裡，近在咫尺。

茱莉亞

——義大利，西西里島，巴勒莫

大半夜的，茱莉亞和卡默在街上碰面。面對著他，她覺得心神不安。他要說什麼？說他愛她？說他不想和她分手？他一定會試著挽留她，阻止她走進那樁荒唐至極的婚姻。茱莉亞等著他的擁抱，等著痛徹心扉的道別，就像老媽可以看上一整天的連續劇一樣。然而，他們還是要分手。

但是卡默沒有流淚，情緒連激動都談不上，反而比較像是興奮和急切。他的雙眼閃爍著奇特的光芒。他低聲說話，而且說得很快，像在透露機密。

也許我有解決方式，他說，解決工坊的問題。

他沒有多做解釋，直接牽起茱莉亞的手走向海邊，朝他們固定相會的洞窟走去。

黑暗中，茱莉亞看不清他的臉。他讀了她的信，他說，工坊不見得一定要關掉，有個方法也許能拯救他們。她看著他，無法相信是什麼奇特的力量改變了他？卡默一向沉穩，這時卻異常興奮。他接著說，錫克教徒依教規不能剪頭髮，但是在他國家的印度教徒不同。他們和錫克教徒相反，成千上萬的印度教徒到寺廟裡剪頭髮獻給神祇。剃頭是神聖的行為，但頭髮不是。這些剪下來的頭髮全收集起來賣到各個市場。有些人專做這門生意。如果本地缺少原料，他想，那麼就去印度找。進口。這是唯一可以拯救工坊的方法。

茱莉亞不知道該說什麼。她既驚訝又充滿懷疑。卡默的計畫聽來瘋狂。印度人的頭髮，多奇怪的想法啊……當然，她懂得怎麼做。她知道父親的化學配方，她能夠漂色，先將頭髮處理成乳白色，再染成理想中的顏色。她有技術也有能力。但是這個想法讓她害怕。進口，對她而言，這兩個字近乎粗魯，是外來語，不是西西里島、不是小工坊的語言。朗佛瑞迪工坊處理的頭髮都是來自西西里島，一直如此，他們用的是本地頭髮，是這個島上的頭髮。

卡默的回答是，如果一個來源枯竭，那麼就該開拓另一個。如果義大利人不再留下剪掉的頭髮，那麼印度人能給！每年有千萬人到寺廟去。他們的頭髮成噸成噸地賣。這是用不完的寶藏。

茱莉亞不知該怎麼想了。這個主意很誘人，但下一秒她又覺得自己力有不及。卡默保證會幫忙她。他會說當地語言，認識那個國家。他可以擔任印度和義大利之間的管道。這個男人真了不起，她心想，他好像覺得任何事都有可能。她討厭自己的多疑和絕望。

她回到家裡，腦子裡思緒紊亂，精神興奮得好比籠裡的猴子，無法安靜下來。她沒辦法再入睡，反正試了也沒有用。她啟動電腦，把這夜剩下來的時間用來拚命搜尋。

卡默說得沒錯。她在網路上找到印度男女在寺廟裡的照片。大家去祈求豐收，求婚姻幸福，或是求健康，而且無論男女都會把頭髮奉獻給他們的神祇。其中大部分是窮人和賤民，因為頭髮是他們唯一的財富。

她查到一篇文章，裡頭提到一名英國商人靠進口頭髮致富，現在全球知名，以直昇機代步。他從印度進口數以噸計的髮辮，送到位在羅馬的工廠。這些商品空運到羅馬的菲烏米奇諾機場下貨，再轉運到市區北邊的工業區，交由幾家大型工廠處理。那名英國人聲稱印度頭髮品質居全球之冠。他有一幢別墅位於羅馬，他躺在別墅的泳池邊說明如何處理頭髮：消毒、梳順、浸泡去色劑再染成金色、栗子色、紅色或棕色，如此便成了和歐洲人髮色相近的顏色。他志得意滿地說：**我們把黑金變成黃金**。接著，這些頭髮再依長度分類，包裝後銷售到世界各地，以作接髮或製造成假髮之用。五十三個國家，兩萬五千間髮廊，這些數字讓人看得眼花撩亂！他的公司也成了跨國企業。一開始，大家都嘲笑他的瘋狂創新之舉，他承認。但是公司越做越成功，如今已經有五百名員工，工廠遍及三大洲，占全球假髮市場的百分之八十，他驕傲地做出這個結論。

茱莉亞不解。對這名英國人來說，一切像是易如反掌。但他做到的事，她能否辦得到？她要怎麼做到那樣的高度？她以為自己是誰，能發展出相同的局面？讓家庭工坊搖身一變，成為有規模的企業，這是不是烏托邦式的空想？然而那名英國人確實辦到了。如果他能成功，她是不是也可以辦得到？

問題一個接著一個地折磨她：父親會怎麼說？會不會支持她走這條路？他說過眼光要放遠，要大膽還要有魄力。然而，他那麼重視自己的根和身分識別。如果有人願意聽，他會指著自己的頭髮，一再重複：這是西西里本島頭髮。改變，是不是一種背叛？

茱莉亞想起父親辦公室裡的照片，他的照片就掛在他父親和祖父的照片旁邊，朗佛瑞迪工坊三代相傳。她告訴自己，放棄才是真正的背叛。毀了他們辛苦奮鬥一輩子的工作，是否才是徹底背叛？

這一瞬間，她願意相信這件事。他們不會就此滅頂，工坊不會就此結束。她絕對不會嫁給吉諾．巴塔格里歐拉。卡默的建議是個恩賜，是機會，是天意。那天，在老爸的抽屜前面，她說過整個情況就像歌詩達協和號船難，但她此刻覺得，在這個黑夜裡，有一艘船向他們駛過來，而且拋出了救生圈。

她想著卡默，突然想通了一件事：聖羅薩莉亞日那天，她會遇到這個男人絕非偶然。上天聽到了她的祈禱，而且應允她，派來了卡默。

神蹟就在那裡，那就是她等待已久的奇蹟。

絲蜜塔

——印度，安得拉邦，蒂魯帕蒂

蒂魯帕蒂！蒂魯帕蒂！

車廂裡有個男人扯開喉嚨大喊。沒多久，煞車嘎然劃過鐵軌，火車便在蒂魯帕蒂火車站停了下來。朝聖者帶著自己的毯子、行李、鋼杯、乾糧、花和獻祭的物品，抱著小孩揹著老人，像潮水般湧向月台。所有的人都擠向出口，朝聖山的方向前進。洪流般的人潮夾帶著絲蜜塔往前走，她抵擋不了人流的移動，只能抓緊拉麗達的手。她擔心女兒被沖散，最後把孩子抱在懷裡。車站像個蟻穴，裡頭有成千上萬隻螞蟻忙碌地來回走動。這裡每天大約有五萬名朝聖者，若遇到節日，人數可能躍升到十倍之多。這些人來這裡向范卡德瓦，也就是毗濕奴化身之一的「七山之主」獻上敬意。據說，他的能力是，但凡來到祂面前許的願望皆能成真。祂巨大的雕像安置在聖山最高處的神廟裡，俯瞰著鋪展延伸在山腳下的城市。

絲蜜塔處身在上千萬的熱切信徒之間，雖然興奮但也感覺到深切的恐懼。在這群秉持著相同動力的陌生人當中，她覺得自己渺小且微不足道。到這裡的每個人不是希望能過得更好，就是來還願，例如生了兒子、親友病癒、豐收或是婚姻幸福。

要上神廟，有些人會搶搭載朝聖者上山的巴士，費用要四十四盧比。儘管有巴士可搭，但大家都知道真正的朝聖必須步行而上。絲蜜塔千里迢迢來到這裡，可不是為了要便宜行事。她遵循傳統，脫下自己和拉麗達的鞋子表示謙卑，很多人也都是這樣，一步步爬上通往神廟的階梯。這段階梯有三千六百階，大約十五公里，需要走三個小時！一名坐在階梯下方的水果販告訴絲蜜塔。她很擔心拉麗達，小女孩累了。之前，在不舒服又過度擁擠的車廂裡，孩子沒怎麼睡。但這不是重點，她們沒有退路了。她們可以依照自己的節奏往上爬，就算花上一整天時間也沒關係。毗濕奴照顧著她們，一路把這對母女帶到這裡來，現在離祂都這麼近了，她們沒有失敗的權利。絲蜜塔花了點盧比買來幾顆椰子，拉麗達胃口大開，大口大口地吃。絲蜜塔依照習俗留下一個椰子，敲開來放在這段路的第一個階梯上，獻給神祇。有些人點燃小蠟燭放在每個階梯上——這樣每階都彎下腰來點蠟燭，不只需要勇氣，還需要莫大的意志力。有些人會用加了染料的水淋在階梯上，將整座階梯染成火焰般的紫紅色。最虔誠又最有意志力的信徒則是一路跪走到山頂。絲蜜塔看到一家人便是這樣慢慢地前進，每跪上一階，都會露出痛苦的表情。多麼克己忘我啊，絲蜜塔讚美地想。

來到四分之一的路程時，拉麗達顯得十分疲倦。她們不時停下腳步，喝點水，喘喘氣。走了一小時後，小女孩已經完全走不動。絲蜜塔把瘦小的女兒揹到背上，繼續往上爬。她自己也很瘦小，也幾乎舉步維艱，但是她一心一意要達到目標，全神貫注地想著自己敬愛的神，心想再過不久，她便能站在祂面前。今天，毗濕奴像是給她數十倍的力量，為的是讓她，絲蜜塔，能夠走到上方的神廟，讓她來到祂面前行禮。

絲蜜塔登上最高處時，拉麗達已經睡了好一陣子了。絲蜜塔在神廟門前坐下來順順氣。高處的神廟四周圍著高牆，一座高聳的德拉威式白花崗岩塔直指向天。絲蜜塔從來沒見過這種景象。山城蒂魯馬拉像是另一個世界，人口比城市還多。按傳統，這裡不賣酒，不賣肉，也沒有香菸。要進去必須買票，最便宜的門票要十二盧比，這是一名老朝聖者告訴絲蜜塔的。售票口前擠滿了數不清的人，而票口後面則是偶爾會出現一張臉孔。這時，絲蜜塔才明白，剛才那段路不過是預先體驗，後面還有更多的考驗。她們想進入聖地，還必須等好幾個小時。

時間不早了，暮色逐漸深沉。絲蜜塔需要休息。她應該要小睡一下，再怎麼樣，至少也該試試。在神廟門口許多賣花和紀念品的小販中，有個男人朝她走過來。他注意到她的失措和疲憊。他告訴她，這裡有免費提供給朝聖者住宿的大眾寢室。他可以告訴她怎麼走。男人看著她，眼神停留在拉麗達身上。只要以一點好處交換，他可以帶她們過去。絲蜜塔抓緊女兒的手，帶著她走開，離那個掠食者遠遠的。剛才他的臉看起來還那麼和善，幾乎像個天使……想到在外頭過夜，她便不安地打起冷顫；兩名單獨旅行的女性是多麼容易下手的獵物。她們今晚必找個地方安身。這是生存問題。她看到路邊有個穿著黃色罩袍的苦行僧，黃色是毗濕奴信徒的顏色。這名苦行僧告訴她們該怎麼走。

第一間大眾寢室關了，第二間掛上客滿的牌子。在第三間門口，一名老婦人說他們只剩下一個空位。沒關係。這一路的共同經歷，讓絲蜜塔和拉麗達幾乎可說是一個人了。母女兩人走進破舊的寢室裡，裡頭並排擺著十來個睡袋，儘管裡頭的氣氛嘈雜，她們仍然沉沉地睡去。

莎拉

——加拿大，蒙特婁

莎拉已經三天沒下床了。

昨天，她打電話給醫師，請他開請假證明——這是她職涯中的頭一次。她不想回事務所。她再也受不了針對她而來的虛偽和排擠。

首先是否認、懷疑，接著是憤怒。無法控制的憤怒占據了她。隨之而來的是疲倦，極度的疲倦，像是一片逃脫無門的大沙漠。

莎拉一直是自己的主宰，規畫自己的生命，擔任**女性主管**，是個「位居公司企業主管地位的決策者及執行者」。然而，現在情況變了、反了。她覺得自己遭到了背叛，就像那些無法滿足人們期待的女人一樣，因著不合格、不適任、不孕而被否定了。

曾經打破玻璃天花板的她，如今碰撞到一堵無形的牆，這道牆的一邊是身體健康的人，另一邊是病人和弱者，而她屬於後者。強森和他的同儕正在埋葬她。他們把她扔進墓穴中，用一鏟鏟的微笑和虛假的同情，慢慢將她掩埋。她的職業生涯已經宣告終結，她知道。彷彿在夢魘中似的，她無助地參與了自己的葬禮。她躺在棺材裡白費力氣地哭叫，卻沒有人聽得到。她的受難，以清醒夢的方式進行。

那些人說謊，每一個人都在說謊。他們告訴她**要堅強**，說**妳會度過難關的**，說**我們和妳在一起**，但他們嘴上說的是一套，做的又是另一套。他們任由她倒下。他們把她當成受損的物件棄之不顧，從此成了索引中才找得到的名詞。

曾經為工作犧牲一切的莎拉，如今成了效率、收益和績效這個祭壇上的犧牲品。在這裡，不進則退。現在，她該退下了。

她的計畫沒有成功。她築起的牆在強森的祝禱下，被伊涅絲加上柯斯特的野心推垮。莎拉原以為強森會站在她身邊，或至少也會一試。沒想到他眼睛眨都不眨地拋下她。他取走了唯一讓她撐著站起來，唯一讓她能夠在早上起床的東西：她在社會上的地位，她的職業生涯，她在這個世界上有頭有臉的感覺。

她害怕的事還是發生了：莎拉成了自己的癌症，她的腫瘤化身成她本人。他人眼裡的她不再是個聰明、優雅、能力又強的四十歲女人，而是她疾病的化身。對他們來說，她不再是個生病的律師，而是有律師身分的病人。兩者有天壤之別。癌症讓人害怕；會讓人孤立一個人，會讓人遠離一個人。癌症有死亡的氣味。碰到這種疾病，大家寧願轉過身摀住鼻子。

莎拉成了不可碰觸的人，被貶謫到社會邊緣。

所以，不，她不會到那裡，不會到定她死罪的競技場。他們看不到她跌倒。她不會讓他們看好戲，不會成為獅子的食物。她還有自尊。有權力拒絕。

這天早上，她沒碰隆恩替她放在托盤上的早餐。雙胞胎過來擁抱親吻她，鑽進她的床裡。然而，碰到他們又暖又軟的小身子，她卻一點反應也沒有。漢娜懇求她，為了讓她起床什麼方法都試了，鼓勵、威脅、甚至讓她產生罪惡感，可惜全都白費力氣。漢娜知道，今晚回家時，她母親還是會這樣躺著。

莎拉病態、嗜睡地過日子，日益麻木。她任由自己的思緒逐漸遠離這個世界。她不停回想過去幾星期的種種，想自己原來是否可以怎麼做，好扭轉現況。可能什麼都不能做吧。少了她，比賽照常進行。至於她，則是遊戲結束，一切全都終結了。

她本來以為自己辦得到，可以假裝一切很好，什麼都沒有改變，繼續過著正常的生活，回歸正軌，堅持下去，裝出若無其事的樣子。她本來以為自己可以像處理案件一樣處理疾病，只要有方法、有決心就能辦得到。但是那不夠。

半睡半醒中，她想像同事得知她死訊後會有什麼反應。這個想法很不健康，但是她樂在其中，就像有時大家會在哀痛的時候聽悲傷的曲調。她好像看得到他們帶淚的面容和假意的難過。他們會說：**腫瘤是惡性的**，或是：**她早就知道自己活不久**。他們會說：**發現得太晚了**，或更糟的：**她拖太久**，這話是讓她也得對自己的命運負責，怪罪在她身上。但事實並非如此。殺死莎拉·柯恩的、用小火慢煮她的不只是占據她身體的腫瘤，不只是這場無法預測的病痛帶著她跳起殘酷的舞步；不是的，殺死她的，是因為靠她貢獻心力而知名的事務所裡，那些她曾經視為戰友的人拋棄了她。她的工作曾經是她存在的理由，是她生命的意義，是她的目標；沒有這些就沒有莎拉。只剩下一個空殼子。

至今，她仍然對自己那麼容易輕信一切而驚訝。她本來以為自己的病會搖動事務所的根基，沒想到撞上了更殘酷的事實：少了她，事務所依然運作得很好。和她的辦公室一樣，她的停車位也會重新分配出去，大家一定會爭相搶著要這個車位。這個想法讓她灰心至極。

她的狀況讓醫師也緊張起來，於是開了抗憂鬱藥物給她。根據醫師的說法，憂鬱，是聽到自己罹患重大疾病常見的反應，而且對癌症有不良影響，應該加以控制。這個笨蛋，莎拉心想。病的不是她，需要醫治的是整個社會。這個社會本該保護、陪伴弱者，結果卻背過身子置之不理，就像象群對待老邁的大象，讓牠孤獨地死去。某天，她在一本童書上讀到一句話：「肉食動物對大自然有益，因為牠們會吃掉病弱的動物。」她女兒一聽到這句話便哭出來。莎拉為了安慰她，告訴她人類不會遵循這條法則。當時，她自以為在分隔牆正確的那一邊，在一個文明社會裡。她錯了。

醫師要給她開多少藥都可以，但藥丸的效用不大，就算有，也只有一點點影響。這個社會裡永遠會有像強森和柯斯特這樣的人，把她的頭硬生生壓進水裡。

一群混帳東西。

孩子們去上學了，屋裡又是一片靜默。早上，她唯一做得到的，是走進浴室。鏡子裡，她的皮膚蒼白得像紙，薄到光線好像能穿透。她的肋骨清晰可見，雙腿像樹枝，像火柴，走路稍不小心就會折斷。從前她有一雙美腿，臀部總是以剪裁時尚的裙子包裹，低胸上衣是誘惑的武器。莎拉迷人，這是眾所皆知的事實。很少男人能夠抗拒她的魅力。她曾經有豔遇，有韻事，有兩段愛情——亦即她的兩任前夫，尤其是她深愛的第一任丈夫。現在，她臉色蒼白，穿著運動上衣都顯得寬鬆，活像個披著床單的鬼魂，還會有誰覺得她美麗？疾病盡責地吸取掠奪，再過不久，她會瘦到可以穿女兒的衣物了，她十二歲的女兒，她會變得只能穿童裝。這樣的她能燃起什麼火花？又是在誰的眼裡？這一刻，莎拉告訴自己，她願意不計代價，只希望有人能擁抱她。讓她在男人的懷抱裡感覺自己還是個女人，幾秒鐘就好。那會多麼甜美啊。

少一個乳房——一開始，她不願承認自己會為此痛苦、難過。她只是依照一直以來的作法，在事情上罩上一層紗，嘗試著把東西放到遠處，放在屏幕後面，然而這多少是枉然。沒什麼大不了的，她不斷告訴自己，現在的整形手術可以創造奇蹟。然而她覺得這個字眼實在醜陋：切除。這個字和懲處、侵犯、毀傷、截除、破壞有相近的涵義。當然了，如果她運氣好，也有可能痊癒，對吧？但誰能向她保證？漢娜知道她生病後顯得很難過。她想了想，接著說出：**媽媽，妳是亞馬遜女戰士**。不久之前，這孩子才以這個主題寫了篇報告，莎拉幫她訂正過的。她還記得文章裡寫著：

「亞馬遜（Amazon）的字根為希臘文的乳房（mazos），前面加了A代表：去除。這些古代女人割掉自己右側的乳房，以便更俐落地射箭。她們是讓人既害怕又尊敬的戰士民族。為了生育後代，這些女人和鄰近部落的男性結合，但是她們會獨自撫養子女。此外，她們還會雇用男人做家務。亞馬遜女戰士發動過幾次戰爭，通常都以勝戰作結。」

可惜，莎拉不確定自己能贏得這場戰爭。這具她用了多年，而且經常忽略，隨意對待甚至有時還會捱餓忍飢的身體——沒時間睡覺用餐——決定要反擊，用殘酷的方式提醒她這具身體的存在。鏡子毫不留情地讓她知道自己只是從前那個莎拉的影子，一個蒼白的反射。

其中以頭髮讓她最是難過。她的頭髮一把一把地掉。腫瘤科醫師——像個無情的先知——早早就說過，她從第二次化療起會開始掉頭髮。這天早上，莎拉在枕頭上看到十來根落髮。掉髮比任何事都讓她介意。禿頭是疾病的體現。沒有頭髮的女人是個生病的女人，無論她是不是穿著絕美的高跟鞋，手上有沒有拎著最新款包包都不會有人在意，大家看到的是她的禿頭，禿頭是承認，是告解，是痛苦。剃光頭的男人可能很性感，但是禿頭的女人絕對是個病人，莎拉心想。

所以說，癌症奪走了她的一切：她的工作，她的外貌和她的女人味。

她想著自己的母親，母親也是因為同樣的疾病過世。她告訴自己，也許她可以回到床上靜靜躺著，和母親在六呎之下碰面，共享永恆的安息。這個想法雖然病態，但也讓她感到寬慰。有時候，想到一切都有盡頭，想到明天也許就能無病無痛，她會覺得安心。

她想起母親時，總會最先想到她的優雅。即使在病中體弱時，她出門也一定要化妝、梳髮，還塗上指甲油。指甲是重要的細節，母親經常說，一定要好好保養雙手。對許多人來說，這算不上什麼，頂多是愛美或膚淺，但對母親而言，這是一個象徵，代表：我還會花時間打點自己的門面，我是個活躍的女性，忙得不可開交，我背負著責任，有三個孩子（還得了癌症），日常生活瑣事多到忙不完，但是我並沒有放棄，沒有消失，我在這裡，一直都在，充滿女性氣質而且優雅完好，看看我的手指尖就知道：我還在。

莎拉還在。在鏡子前面看著自己參差不齊的指甲和稀疏的頭髮。

這時候，她感覺到內心最深處出現了某種震動，那種感覺，像是她內在有個小小的部分拒絕接受命運的判決。不，她不會消失，她不會放棄。

她是一名亞馬遜女戰士。她是鬥士，是勇士。任何亞馬遜女戰士都不會撒手放棄。她會奮鬥到最後一口氣。她絕不棄守。

她必須回到戰場，重新加入戰局。以她母親、她女兒之名，以需要她的兩個兒子之名；以所有她曾經領導的戰爭之名，她必須繼續下去。她不能再躺在這張床榻上，不能將自己讓給對她伸出雙手的小小死神。她不會讓自己慘遭活埋。今天不會。

她飛快地穿好衣服，抓起衣櫃裡的帽子戴上，好遮住頭髮——這頂帽子是孩子忘在櫃子裡的，上面印有超級英雄的圖案。沒關係，能保暖就好。

穿戴妥當後，她走出家門。外頭在下雪。她穿上大衣，裡頭還穿了三件套頭毛衣。這麼穿讓她顯得好小，簡直像隻被自己一身亂毛壓彎了腰的蘇格蘭綿羊。

莎拉走出家門。就是今天，她決定了。

她很清楚知道自己要往哪裡去。

茱莉亞

——義大利，西西里島，巴勒莫

義大利人要的是義大利頭髮。

這話說得直接了當。剛剛，在家裡客廳，茱莉亞向母親和姊妹說明自己打算進口印度頭髮拯救工坊的計畫。

過去幾天，茱莉亞一刻也沒浪費，詳盡擬定她的計畫。她做了市場研究，準備提供給銀行的文件——不可避免的，進口頭髮一定需要投資。她日以繼夜地工作，犧牲了睡眠，但這有什麼關係呢，她覺得自己正在投入一項堪稱神聖的任務。她不曉得自己突然間哪來的信心和精力。是因為卡默溫柔地守在她身邊嗎？還是因為陷入昏迷的父親把他的力量和信念給了她？茱莉亞覺得自己已經蓄勢待發，準備移山，從亞平寧山一直到喜馬拉雅山。

吸引她的不是從中獲得的利益。她不在乎那名英國人吹噓的百萬歐元進帳，她也不需要游泳池或直昇機。她想要的，是挽救父親的工坊，以及讓家人有安身之處。

老媽說，這是行不通的。朗佛瑞迪家自始至今買的都是西西里頭髮，收集真髮製作假髮是西西里長久以來的傳統。動搖傳統不可能不受懲罰，她言之鑿鑿地說。

死守傳統會導致工坊破產，茱莉亞回答。帳本的紀錄寫得很清楚：頂多再過一個月，工坊就得關門了。他們必須重新考慮制訂生產線，向國際敞開懷抱；接受世界在改變的事實，而且和世界一起變。義大利國內，拒絕改變的家庭式工業陸續倒閉。現在，目光要放遠，要超越國界，這是能否生存的問題！不接受改變就是倒閉，沒有別的選擇。茱莉亞說話時，覺得自己彷彿長出了一對翅膀，宛如成了在法庭裡打一場重要官司的律師。她一直很喜歡這個職業——只有受過高等教育，社會地位良好的人才有資格當律師。朗佛瑞迪家族沒出過律師，家族成員只有工人。然而，她很希望自己能有機會為重要的理念辯護，成為有能力又受人尊敬的女性。她偶爾會這麼想，但這個想法，遲早會和其他遭遺忘的夢想一樣越來越模糊。

茱莉亞熱切地說起印度人的髮質，根據許多專家的意見，都提到亞洲人的頭髮質地最紮實，非洲人的頭髮最脆弱，那麼印度人的頭髮就品質及上色效果來說，就是上上之選，一旦經過褪色和上色處理後，印度人的頭髮看起來與歐洲人的頭髮沒有兩樣。

法蘭契絲卡加入討論：她同意母親的看法，這個方案絕對行不通。義大利人不可能要進口頭髮。茱莉亞毫不訝異。她的姊姊本來就是多疑的人，看到的世界不是黑色就是灰色，對於任何問題，在思考之前會先拒絕。這樣的人一眼看去，會先看到風景中的醜陋細節和桌巾上極小的汙點，他們會仔細檢查生命的表面，非得挑剔出粗糙的髒點不可，世界的不完美似乎能讓他們得到享受，這也是他們活著的原因。她和茱莉亞是相反的兩面，是攝影術語中的「負片」：茱莉亞的亮部是法蘭契絲卡的暗部，兩者相反，比例相同。

如果義大利人不要，他們可以開放到其他市場，茱莉亞答道：例如美國人或加拿大人。世界很大，而且世界需要頭髮！髮片、髮辮和假髮的需求日益增加。與其讓自己滅頂，不如隨著潮流前進。

法蘭契絲卡沒有放過茱莉亞，也沒省下自己的懷疑和防衛。做大姊的法蘭契絲卡沒有斟酌自己的字句。茱莉亞打算怎麼做？別說她從來沒離開過義大利，她甚至連飛機都沒搭過。在她的地平線上最遠處不過是巴勒莫的海灣，這樣的人是要怎麼完成這麼大的任務，帶來奇蹟？

但是茱莉亞願意相信自己的夢想。網際網路讓距離消失，世界如今就在她們的手中，就像她們小時候拿在手上那顆會發亮的球。印度很近，這個次大陸就在她們門口。她花了不少時間研究價格，她知道頭髮的行情，她的計畫可行。她們需要的是勇氣和信心。而她一樣也不缺。

阿黛拉什麼也沒說。她坐在角落看著兩個姊姊的妳來我往——無論什麼情況，她永遠保持中立，對世上一切都不關心，簡單來說，就是：青少年。

應該要關掉工坊，賣掉那個地方，法蘭契絲卡回答。賣工坊的錢可以支付一部分房屋貸款。那生活費要從哪裡來?!茱莉亞回答。她以為找工作容易嗎？她有沒有想到工坊的女工？這些女人在朗佛瑞迪工坊奉獻了那麼多年，她們將來怎麼辦？

討論成了爭論，老媽知道自己該出面充當和事佬，兩個女兒爭吵的聲音已經大到在整個房子裡嗡嗡響了。她們從來不了解對方，老媽苦澀地想，一向不合。這兩姊妹的關係是一連串的衝突，這次算是來到了頂點。她必須做出決定來解決這件事。

沒錯，應該要想到員工，她說，這攸關榮譽和尊重。然而法蘭契絲卡有句話說得對：**義大利人要的是義大利頭髮**。

這句話給茱莉亞的計畫敲響了喪鐘。

茱莉亞難過地離開家。她早就知道必須努力捍衛自己的計畫，但沒想到會面對這麼強勢的反對。她現在有種像是狂歡整夜後的頭暈目眩。如果母親和姊妹不同意，對於工坊，她什麼也做不成。她們剛才踏碎了她的空中閣樓。她的一腔熱情消退了，取而代之的是懷疑與恐懼。

她要逃到醫院去，到父親的病床前。他會怎麼說？會怎麼做？她好想躲進父親的懷抱裡，像孩子一樣大哭。她的信念正在拋棄她。她不再知道自己該怎麼做，究竟要堅持自己的計畫，還是乾脆放手，以逐漸失去的傳統之名，將她的計畫拿到理性的聖壇前焚燒？她覺得自己落敗了，幾晚沒睡讓她筋疲力盡，她幾乎可以在這張病床上，在老爸身邊睡著。睡上個一百年，像他一樣，這就是她想要的。

茱莉亞閉上眼睛。

她突然來到屋頂上的實驗室。父親也在，就像從前一樣面對大海坐著。他看起來不覺得痛苦，反而顯得寧靜安詳。他對著她微笑，像是在等她。茱莉亞到父親身邊坐下，把自己的苦痛哀傷和無力感告訴他，為了工坊的事向他道歉。

不要為了別人改道而行，他回答她。妳應該保有自己的信念。妳的意志力很強大，我相信妳的力量和能力。妳應該要堅持下去。妳的生命有大事等著妳去做。

一聲尖銳的噪音響起。茱莉亞驚醒過來。她真的在病床上、在父親的身邊睡著了。他身邊的維生系統發出響聲。幾名護士連忙跑進病房。

這一刻，就在這一刻，茱莉亞感覺到父親的手動了。

絲蜜塔

——印度，安得拉邦，蒂魯帕蒂神廟

蒂魯馬拉山的黎明揭開了晨光。

神廟門口有一列排隊的朝聖者，絲蜜塔和拉麗達加入隊伍中。有個小孩走過來，遞了幾顆「甜奶球」給她們，這種圓球形的甜點以果乾和煉乳為基底製成。每顆甜奶球的重量和成分都有規定——配方是神祇親自講述傳授的，男孩說。這些甜奶球是神廟裡的「阿恰卡」——父傳子的僧侶——做給朝聖者吃的。吃下甜奶球是淨化過程中的必要步驟。絲蜜塔深深感謝神祇賜予她們保佑之餐。有了幾小時的睡眠和甜奶球的滋味，她覺得自己已經準備妥當，可以做出任何奉獻了。她還沒有告訴拉麗達廟裡等著她們的是什麼情況。富裕人家準備的貢品是食物、花朵、首飾和金銀珠寶，窮人獻給七山之主范卡德瓦的，則是他們唯一的財產：頭髮。

這是幾千年來留下的傳統：獻出頭髮代表斷絕任何形式的自我，以自己與生俱來而且是最謙卑的模樣，來到神祇面前。

進入神廟後，絲蜜塔和拉麗達走進一道圍著欄杆的走廊，上千個賤民已經在這裡排隊排了好幾天——等待的時間很長，有時可能會等上四十八小時，入口處，有個坐在地上的男人這麼說。有錢的人可以買票插隊，有些人全家睡在這裡，只怕被人搶了位置。在猶如籠子的走廊上等了幾乎沒有盡頭的幾小時之後，她們終於進入「卡里安納卡塔」，這是一棟巨大的四層樓建築，裡頭有好幾百名剃頭師傅在工作。這地方簡直像是蟻巢，白日黑夜都沒有休息。這裡的人說，卡里安納卡塔是全世界最大的理髮院。剃頭的費用是十五盧比，有人這麼告訴絲蜜塔。真是的，做什麼都要錢，絲蜜塔心想。

在這個可說一望無際的大廳裡，有男人，有抱著嬰兒的女人，有小孩還有老人，大家依序讓剃頭師傅剃頭，一邊吟頌獻給毗濕奴的禱文。拉麗達一看到好幾百個人剃成光頭就怕了，於是哭了出來。她不想獻出頭髮，她太喜歡自己的頭髮了。為了自保，她抱緊布偶——這一路上她都沒放開這塊破布。絲蜜塔彎下腰，低聲在女兒耳邊說：

別害怕。

神會陪著我們。

妳的頭髮會再長，而且會比以前更漂亮。

別擔心，我先剪。

母親溫柔的聲音讓小女孩安心了一點。拉麗達看著其他剛剃了光頭的孩子，他們笑著互相摸對方的腦袋，看來一點也不痛苦的樣子，反而覺得這個新造型很有趣。那些孩子的母親同樣剃著光頭，她們拿著檀木油塗抹孩子的頭頂，據說，這種黃色液體可以保護皮膚不被曬傷，還能防止感染。

現在輪到她們了。剃頭師傅打個手勢要絲蜜塔往前走。絲蜜塔虔誠地上前。她跪下來，閉上眼睛，開始低聲祈禱。她在這裡，在這個寬闊大廳裡對毗濕奴低聲唸誦的是她的祕密。這一刻只屬於她一個人。這一刻，她想了好幾天，想了好幾年。

剃頭師傅動作俐落地換了刀片——聖廟的負責人對這點非常堅持，每名朝聖者都用新的刀片，這是規矩。在這位剃頭師傅的家族，這個工作是世代相傳。他每天做相同的動作，不停重複的結果，讓他在夜裡都會夢到。有時，他會想像自己溺死在頭髮的海洋中。準備要剃頭了，他先把絲蜜塔的頭髮綁成辮子，這樣不但方便他剃，也好收拾。接著他灑了一點水，開始剃頭。拉麗達焦急地看了母親一眼，但絲蜜塔露出微笑。毗濕奴陪伴著她們。祂在這裡，就在她們身邊。

祂會賜福給她。

髮束一把一把地掉在她腳邊，絲蜜塔閉上眼睛。她身邊有好幾千人，大家都是以同樣的姿勢祈求自己能有更好的人生，並獻出世界給他們的唯一財產。這些頭髮，這些裝飾，是上天賜給他們的禮物；如今，他們跪在卡里安納卡塔的地板上，合著掌，將禮物還給神祇。

絲蜜塔再睜開眼睛時，她的頭頂已經像蛋一樣光滑了。她站起身，突然覺得自己輕盈得不可思議。這是一種嶄新的感受，幾乎讓她振奮。一股顫動竄過她的全身。她看著腳邊那些曾經屬於她的頭髮，那一小堆漆黑的頭髮宛如她遺留下的自己，已經成了記憶。現在她的靈魂和身體都很潔淨，她覺得平靜，受到祝福與保護。

輪到拉麗達時，她同樣往前走向剃頭師傅。她微微發抖。絲蜜塔拉起女兒的手。剃頭師傅換刀片時，欣賞了一下小女孩及腰的長髮辮。孩子濃密的頭髮美極了，像絲緞般光滑。絲蜜塔直視女兒的雙眼，喃喃唸著她在巴德拉普家中小神壇前唸過無數次的禱文。想到她們現在的狀況，她告訴自己，今天她們是窮沒錯，但拉麗達說不定哪天會擁有車子。這個想法讓她面帶微笑，也帶給她力量。有了今天在這裡的奉獻，將來她女兒的生活會過得比她好。

走出卡里安納卡塔時，陽光照亮了這對母女。少了頭髮，兩人的臉孔比以前更相像，比任何時候都像。她們剃了頭顯得更年輕，更瘦小。母女倆手牽著手相視而笑。她們一路來到這裡。奇蹟已經完成。絲蜜塔知道毗濕奴會信守承諾。她的表親在清奈等著她們。明天，新生活即將展開。

她們慢慢遠離金色聖城，絲蜜塔牽著女兒的手，一點也不覺得悲傷。不，真的，她不悲傷，因為有件事她很確定：神祇會悅納她們的獻祭。

茱莉亞

——義大利，西西里島，巴勒莫

「因為他們事先不知道不可能，所以就做到了。」

茱莉亞記得小時候讀過馬克・吐溫這句話，當時她就已經很喜歡了。今天，她站在巴勒莫機場的停機坪上，又想起這句話。她正等待著從世界另一頭載著頭髮過來的貨機，滿心感動。

老爸沒有醒來。那天，當她躺在他身邊夢見那個讓她終生難忘的奇特夢境之後，他便在醫院過世了。他臨走前握住她的手，像是在道別。像是要告訴她：放手去做吧。父親把棒子交到她手上後才離開。茱莉亞知道。在醫師試著搶救他時，她向父親承諾自己一定會拯救工坊。這是他們父女間的祕密。

她堅持在父親喜愛的小教堂舉行喪禮。母親抗議——那間教堂太小，她說，沒辦法讓每個出席的人都有位子坐。皮耶托的朋友那麼多，他太受大家的喜愛，況且有來自西西里島各地的親戚，再加上工坊的員工……那有什麼關係，茱莉亞說，愛他的人當然可以站著參加。母親最後還是讓步了。

這陣子以來，她覺得自己不再認識這個女兒。平常乖巧溫順的茱莉亞現在固執得驚人，充滿了前所未見的決心。對於拯救工坊這件事，她拒絕妥協。為了打破這個僵局，茱莉亞建議讓女工們投票表決。其他地方已經這麼做了，她說，其他那些陷入困境的工廠都動起來了。此外，徵求她們的意見很合理，因為這個決定與她們有切身關係。她說服了母親，姊妹也願意接受。

為了不讓年輕的女工受到資深老員工的影響，大家決定用不記名的方式投票。女工有兩種選擇，一是進口印度頭髮讓工坊走上另一條路，或是關掉工坊，領取微薄的遣散費。當然了，第一個選擇有風險，茱莉亞沒有隱瞞這些無法預料的可能性。

投票在工坊的主廠房舉行。老媽、法蘭契絲卡和阿黛拉都出席了。負責開票的是茱莉亞。她用顫抖的手打開每一張投進老爸帽子裡的票——用老爸的帽子是她的點子，當作向父親最後一次致敬。**而且這麼一來，他今天也會和我們在一起**，她告訴自己。

開票結果七比三，比數相差甚遠。這一刻，會讓茱莉亞記得很久。她幾乎掩藏不住心裡的喜悅。

透過卡默的幫忙，她和一名住在印度清奈的男人聯繫上。對方念大學時是商學院的學生，現在專門在印度各地和寺廟收購頭髮。他做起生意一板一眼，但沒想到茱莉亞對於談判也很有天分。**親愛的，人家會以為妳做了一輩子生意！**婆婆拿她開玩笑。

才二十歲，茱莉亞便已是工坊的負責人。在這一帶，她是最年輕的企業主。她搬進父親的辦公室。她經常看向牆上那張父親的照片，旁邊就是她祖父和曾祖父的照片。她還不敢把自己的照片掛上去。但那是遲早的事。

每當她覺得難過，就會到屋頂上的實驗室去。她面對大海坐著，想她的父親，想他會怎麼說，會怎麼做。她知道自己不是獨自一個人。她的老爸就在身邊。

今天，卡默站在茱莉亞身邊。他堅持陪她到機場來。這陣子，他們分享的不只是午間休息時間。他成了她堅定的依靠，並且善意回應她每個想法，表現得熱心、有創意又有進取心。他本來是她的情人，現在更成了她的同盟和知己。

飛機終於出現了。看著遠方空中的小黑點逐漸變大，茱莉亞告訴自己，他們的前途就在那裡，在這架飛機凸起的貨艙裡。她握住卡默的手。她覺得，在這一刻，他們不再是運行在不同軌道上的獨立個體，因緣際會地相遇，而是停駐在彼此心中的男人與女人。無論老媽怎麼說，茱莉亞心想，不管她的家人和街坊鄰居怎麼說都不重要。今天，她是個女人，站在這個讓她找到自我的男人身邊。她不會放開他的手。在接下來的歲月中，她會時時牽著他的手，無論在街上、在公園裡、在她懷孕時、在她睡覺時、在兩人歡愛時、在她哭泣時、在她生下他們的孩子時，她都要牽著他的手。這隻手，她會牽很久很久很久。

飛機降落後停了下來。很快地，卸下的貨物送進了有許多忙碌搬運工的分派中心。

茱莉亞在倉庫裡簽下收據，證明她已經領到貨物。她眼前的包裹還不及一個行李箱來得大。她用顫抖的手拿來小刀劃開包裹的側面。一些頭髮掉了出來。她輕輕拿起一束頭髮，這束漆黑的頭髮很長，非常長。一定是女人的頭髮，濃密又滑順。旁邊有另一束稍微短一點的頭髮，這束頭髮摸起來猶如絲絨，應該是孩子的頭髮。在清奈的賣方說，這些頭髮是上個月剛從蒂魯帕蒂的神廟買來的，那裡是全世界最多朝聖者造訪的聖地，多過麥加和梵蒂岡——這個細節讓茱莉亞印象深刻。她想著這些她不認識也永遠不會見到的人，這些男男女女到蒂魯帕蒂獻上他們的頭髮。他們獻出的頭髮是神的禮物，她告訴自己。她好想擁抱這些人，向他們道謝。他們永遠不會知道自己的頭髮去了哪裡，經歷過什麼讓人無法置信的旅程，宛如希臘神話那位奧德修斯的旅程。然而這些頭髮的旅途才剛開始。某天，在世界上某處的某個人會戴上她這間工坊的女工梳理、清洗再染色過的頭髮。這個人不會知道其間經過多少奮鬥。但是她會戴上這些頭髮，並且引以為傲，就如同今天的茱莉亞一般。想到這裡，她不禁露出微笑。

她握著卡默的手，心想，這就是她的定位，她終於找到自己在世上的位置。父親的工坊得救，她總算可以睡個好覺。有一天，她的孩子們會傳承下去。她會讓他們學習這行手藝，會帶著他們踏上父親曾經騎著機車載她走過的路。

茱莉亞偶爾會做那個夢，但夢中的她不再是九歲的孩子。父親的偉士牌機車不再，但是她現在知道，未來充滿了希望。

從今開始，未來將屬於她。

莎拉

——加拿大，蒙特婁

莎拉走在積雪的路上。現在是二月初，溫度極低，但是冬天讓她受益，成了她的藉口。幸好是冬天，她的帽子才能和行人的穿戴融為一體，為了抵擋低溫，大家都穿得和她一樣。她遇見一群手牽著手的小學生，其中一個女孩戴著和她一樣的帽子；她對小女孩投以會意又愉快的眼神。

莎拉繼續往前走。她大衣口袋裡有一張名片，那是幾星期前在醫院碰到的女人給她的。當時，她們坐在同一間治療室裡接受治療，自然而然聊了起來，就像咖啡館露天座位的兩名客人一樣。她們就這樣聊了一下午。很快地，聊天的內容變得更私密，疾病彷彿拉近了她們的距離，在兩個女人間牽起一條無形的線。莎拉在網路上的論壇或部落格裡讀過數不清的罹癌經歷，有時候，這會讓她覺得自己彷彿是某個俱樂部的成員，或是隸屬某個成員見多識廣、共同經歷過**這件事**的團體。團體裡有身經百戰的戰士——他們稱這些人為**絕地武士**，也就是說，這不是他們首次參與戰役；而那些第一次罹病的則是**學徒**。後者，例如莎拉，要學的事情很多。那天，醫院裡的那個女人——儘管對自己的病情沒有明說，但她絕對是身經百戰的絕地武士——提起了一間專營「備用頭髮」的沙龍，裡頭的員工專業又不多話。她把沙龍的名片給了莎拉，以便她在**需要的時候**派上用場。在痊癒的奮鬥過程中，絕對不能忽略自尊，她說。鏡子裡反射出來的影像應該是妳的戰鬥同盟而不是敵人，她以會意的口氣說。

莎拉收好名片後就忘了這件事。之前，她試圖延後使用這張名片的日期，但現實追上了她。

需要的時候已經到了。莎拉踩著積雪的街道，朝那家沙龍走去。她大可搭計程車，但是她選擇走路。就像朝聖一樣，這段路必須用雙腳走，這是儀式。到那裡去有許多意義，代表她終於接受了自己罹病的事實，不再排斥，不再否認，而是正面看待，不把罹病當作她必須承受的懲罰、命運、詛咒，而是一個事實，是她生命中的一個事件，是必須面對的考驗。

走向沙龍時，莎拉突然有種奇特的感覺。這不是似曾相識也不是預感，而是滲入她想法和身體的某種深刻情感，說來也怪，就好像她曾經走過這條路。然而，這是她第一次來到這一帶。她沒辦法解釋，但是她覺得那裡好像有東西在等著她。彷彿她在許久之前就已經約好了要見面。

她推開沙龍的門。一個優雅的女人客氣地接待她，帶她穿過走廊，來到一個放著一張椅子和一面鏡子的小房間。莎拉脫下大衣，放下皮包，停了一下才摘下帽子。女人仔細看了她好一會兒，但沒有說話。

我去拿我們的產品給妳看，妳有沒有特別想要的樣子？

女人的語氣既不奉承也沒帶著憐憫，就是單純的問話。莎拉立刻決定信任她。這個女人一定知道自己在說什麼。她一定見過十來個、百來個和莎拉相同情況的女人，應該每天都見得到。然而，在這一刻，莎拉覺得自己是獨特的，至少這女人讓她感覺如此。她不誇張也沒小看，這是一門藝術，但這女人顯然拿捏得很好。

但是，聽到這個問題，莎拉有些尷尬。她不知道。她沒有思考過這回事。她想要……想要自然一點的。說穿了就是像她自己的。這實在有點蠢，她心想，陌生的頭髮怎麼可能適合她，能搭配她的臉形和個性？

女人離開了一會兒，帶著幾個像帽盒的紙盒回來。她從第一個紙盒裡拿出一頂赤褐色的假髮——這是合成纖維，她說，日本製的。她拿起假髮，倒過來用力甩了甩——假髮放在盒子裡有時會壓出摺痕，所以要重新塑型一下，她說。莎拉試戴後，覺得不怎麼合意。她認不得戴上這頂厚重假髮的自己，頂著這團毛球的人不像她，反而像是變裝者。價格很好，女人說，但這不是我們最好的產品。她從第二個盒子裡拿出另一頂假髮，還是人造纖維，但品質更好——戴起來「非常舒服」。莎拉不知道該說什麼，她若有所思地看著鏡子裡的影像，這絕對不是她的形象。這頂假髮是不錯，沒什麼好挑剔的，只不過一看就知道是假髮。不，不可能，還不如披頭巾或戴帽子。女人拿起第三個盒子，裡頭是他們的第三種產品，用的是真髮，她說。這樣的商品數量不多而且價格高昂——但是有些女人非常願意花這筆錢。莎拉驚訝地看著第三頂假髮，這顏色和她的頭髮一樣，長度很長，觸感絲滑，柔軟又厚實。這是印度頭髮，女人說。這些頭髮是在義大利，確切來說，是在西西里島的一間小工坊處理的，先褪色、染色，然後一根一根地固定在薄網上。這種編髮技術雖然耗時，但是比用鉤的耐用。製作一頂假髮要耗時八十小時，用掉大約十五萬根頭髮。真的是少有的商品。這是我們這行所謂的**漂亮的作品**，女人驕傲地補充。

她幫忙莎拉戴上假髮——一定要從前往後戴，一開始沒那麼容易，但是很快就會熟練了，女人告訴她，到最後連鏡子都不必照就能戴上。當然了，莎拉可以拿去髮廊請美髮師修剪成她想要的髮型。保養的方式很簡單，只要用洗髮精和水就可以了——就和洗自己的頭髮一樣。莎拉抬起頭看鏡子：在她面前的，是個全新的女人，長得很像她，但同時也是另一個人。這種感覺很特殊。但是她認得出自己的五官，蒼白的面容和黑眼圈。這是她，是她沒錯。她摸摸頭髮，整理一下，再稍加變化，做了幾個造型，這些嘗試不是想把假髮變成她的，而是想馴服這頂頭髮，而頭髮完全沒有抗拒，柔順大方地任她馴服。慢慢地，頭髮結合了她橢圓形的臉，放棄了自己原來的形狀。莎拉梳理、撫摸這頂假髮，頭髮的順從與配合讓她幾乎要大呼感激。不知不覺地，原來陌生的頭髮成了她的，和她的身形五官十分協調。

莎拉看著鏡子裡的倒影。這頂假髮似乎把她失去的一切都找了回來。她的力量，她的尊嚴，她的意志力，所有讓她之所以是她，是莎拉的強大與驕傲。而且很漂亮。突然間，她覺得自己已經準備好了。她轉身面對女人，請女人幫她剃掉自己的頭髮。她要在這裡剃，要現在剃。她今天就要戴上這頂假髮。她不會為了以這個樣子回家感到羞愧。況且剃光了頭比較方便戴上假髮，也更容易調整。無論如何，她遲早都要做這件事，不如就在這裡剃，因為她此時此刻充滿了力量。

女人同意她的要求，用專業又溫柔的手拿著剃刀，完成了這個任務。

莎拉張開眼睛，愣了一下。剛剃下頭髮的頭顱似乎比從前小。她看起來像是一歲時的女兒，在女兒頭髮還沒長出來的時候——嬰兒，這就是了，她看起來像個嬰兒。她試著想像孩子們看到她會有什麼反應——他們看到她這個模樣一定會很驚訝。說不定哪天她會讓他們看。不過要再等等。

或者乾脆不讓他們看。

她依照女人教她的方法，把假髮戴到光滑的頭上，再調整一下，讓假髮變成她自己的頭髮。莎拉站在鏡子的影像前面，驚訝地確定一件事：她會活下去。她要看著三個孩子長大，要看著他們進入青少年時期，看他們長大成人，為人父母。更重要的，是她要知道他們的興趣、天分，他們的愛情和才華。在他們的人生道路上，她要陪在他們身邊，要當個和藹、溫柔又體貼的母親。

她會打贏這場仗，她也許會筋疲力盡，但絕對挺得過去。要花幾個月、幾年來治療都沒關係，無論她需要多少時間，從今而此，她將竭盡全力，把每分鐘、每一秒都拿來與病魔戰鬥。

她絕不會再是原來的莎拉·柯恩，那個強勢、自信、為眾人仰慕的女人。她不再是打不倒的超級女英雄。她將會是她自己，莎拉，曾經遭受生活的霸凌，但是她會帶著傷疤、缺陷和傷口勇敢活著。她不會再試圖掩藏。她過去的生活是謊言，新的人生才是真真實實的版本。

病況緩解後，她要創立自己的事務所，帶走幾個仍然信任她，願意跟她走的客戶。她會控告強森暨洛克伍事務所。她是個好律師，是城裡最優秀的律師之一。她要將自己遭受歧視的事實公諸於世，她要為千萬個和她一樣，太快遭職場屏棄，和她一樣受到雙重打擊的男男女女發聲。為了他們，她要抗爭。這是她最在行的事。這將會是她的戰爭。

她要學會另一種生活方式，要空出時間和孩子相處，要請假參加他們的年底義賣會和演出。她不會再錯過他們的任何一次生日。她要帶他們去度假，夏天去佛羅里達，冬天去滑雪。再也沒有人可以奪走孩子們的這些時刻和她的時間。她的世界裡再也不會有分隔的高牆，再也沒有謊言。她再也不會是那個一分為二的女人。

但是在那之前，她必須對抗身上那顆小小的橘子。她得藉助上天賜予她的勇氣、力量、決心和她的聰明才智，還要靠著她的家庭、孩子和朋友，再加上那些醫師、護士、腫瘤科醫師、放射科醫師和藥師，這些人每天都會站在她身邊，為她奮鬥。突然間，她覺得自己好像處在一場古老史詩的開端，無窮的能量在她周遭展開。她覺得有股熱流穿過她全身，感覺到嶄新的騷動，像是有隻蝴蝶在她的肚子裡輕輕拍動翅膀。

外面有世界，有生活，還有她的孩子。今天，她要去學校接他們下課。她可以想見他們的驚訝——她從來沒有，或極少去接他們。不必說，漢娜一定會大為感動，而雙胞胎會奔向她的懷抱。他們會注意到她的髮型，她的新頭髮。那麼莎拉會為他們解釋。她會把那顆橘子，把她的工作和他們即將共同面對的戰爭告訴三個孩子。

離開沙龍後，莎拉想到那個把頭髮給她，身在世界另一端的印度女人；她想到耐心梳理、處理頭髮的西西里女工，想到那個編織假髮的女人。她告訴自己，整個宇宙正聯合起來，就為了讓她痊癒。她想到猶太教經典《塔木德》裡的一句話：「拯救一個人等於拯救世界。」今天，全世界救了她，莎拉想要道謝。

她告訴自己，她在這裡，今天她還好好的在這裡。

她還會活很久。

想到這裡，她微笑了。

我的作品完成了。

這頂假髮就在我面前。

湧向我的感情很獨特。

但沒有人能見證。

這是屬於我的快樂，

是完成任務的喜悅，

是好作品帶來的驕傲。

像個看著自己畫作的孩子一樣，我笑了。

我想到這些頭髮，
想到頭髮的來處和旅程，
想到它們還有更遠的路要走，我知道。
它們會見到更多人，
更多我永遠見不到的人，因為我關在我的工坊裡。
無所謂，它們的旅途也是我的。

我把我的作品獻給這些女人，
她們因為頭髮而有了連結，
宛如一張靈魂織成的網。
獻給在愛，在生產，和懷抱著希望的女人，
摔倒幾千次又爬起來的女人，

彎腰卻不曾屈服的女人。
我懂她們的戰爭，
我分擔她們的淚水，分享她們的喜悅。
她們每個人身上都有我的影子。

我只是一個連結，
是微不足道的連字號，
用來連結她們的生命，
是一條將她們纏在一起的線，
和頭髮一樣細的線，
肉眼和世界都無法察覺。

明天，我要開始另一件作品。

其他故事等著我。

其他的生命。

其他的篇章。

謝辭

感謝Juliette Joste的熱心及信心。

感謝我丈夫Oudy永不動搖的支持。

感謝我的母親，從我小時候起，她一直是我第一個讀者。

感謝Sarah Kaminsky陪伴我走過這本書的每一個階段。

感謝Hugo Boris無比珍貴的協助。

感謝巴黎Atelier Capilaria假髮工坊的Françoise為我敞開大門，為我解釋她的工作。

感謝Nicole Gex和Bertrand Chalais的建議。

感謝Inathèque文獻工作人員協助我進行資料研究。

最後，我要感謝我所有的法文老師和教授，讓我從小就愛上寫作。

Eurasian Publishing Group
圓神出版事業機構 用心與你對話．視野無限寬廣
寂寞出版社 Solo Press

www.booklife.com.tw reader@mail.eurasian.com.tw

Soul 038

三股髮辮

作　　者／萊蒂西亞・寇隆巴尼（Laetitia Colombani）
譯　　者／蘇瑩文
發 行 人／簡志忠
出 版 者／寂寞出版社股份有限公司
地　　址／台北市南京東路四段50號6樓之1
電　　話／（02）2579-6600・2579-8800・2570-3939
傳　　真／（02）2579-0338・2577-3220・2570-3636
總 編 輯／陳秋月
資深主編／李宛蓁
責任編輯／朱玉立
校　　對／李宛蓁・朱玉立
美術編輯／林雅錚
行銷企畫／詹怡慧・朱智琳
印務統籌／劉鳳剛・高榮祥
監　　印／高榮祥
排　　版／莊寶鈴
經 銷 商／叩應股份有限公司
郵撥帳號／18707239
法律顧問／圓神出版事業機構法律顧問　蕭雄淋律師
印　　刷／祥峯印刷廠
2020年8月　初版

La Tresse by Laetitia Colombani

Cet ouvrage a bénéficié du soutien des Programmes d'aide à la publication de l'Institut français.
本出版品獲得法國藝文總署版權補助

定價360 元　ISBN 978-986-97522-9-9

國家圖書館出版品預行編目資料

三股髮辮 / 萊蒂西亞・寇隆巴尼（Laetitia Colombani）著；蘇瑩文譯. --
初版. -- 臺北市：寂寞, 2020.08
面；14.8×20.8公分（Soul系列；38）
譯自：La tresse
ISBN 978-986-97522-9-9（平裝）

876.57　　109008825